所有无罪的人

时晨 著

北京联合出版公司
Beijing United Publishing Co.,Ltd.

目录

01 再见，孤岛书店　　　　　　　　　　　　　　1

02 建立谜芸馆　　　　　　　　　　　　　　　17

03 如何选择书目　　　　　　　　　　　　　　37

04 启动！推理主题讲座　　　　　　　　　　　53

05 百年程小青　　　　　　　　　　　　　　　71

06 书店怪客　　　　　　　　　　　　　　　　85

07 书店熟客　　　　　　　　　　　　　　　　101

08 暗黑技巧研讨会　　　　　　　　　　　　　115

09 记与两位日本推理作家的会面　　　　　　　125

10 谜芸馆推理榜单　　　　　　　　　　　　　147

11 书店日记　　　　　　　　　　　　　　　　165

附录 美术馆名画被盗事件　　　　　　　　　　217

后记　　　　　　　　　　　　　　　　　　　229

再见，孤岛书店

01

如果你在 2022 年 3 月 12 日，约莫晚六点钟左右，踏入南昌路与瑞金二路交会处的那条隐秘小巷，那么，你会看到一幅奇特的景象——在一家不足 30 平米的小书店里，竟奇迹般地汇聚了众多人群，他们或安然落座，或倚墙而立，甚至有不少人被迫站在书店外，透过落地玻璃，好奇地朝内张望。难道书店在举办什么活动吗？你肯定会很好奇。其实，这里正在举办一场书店的"葬礼"。

　　这场名为"孤岛书店告别会"的活动，从晚六点一直持续到了晚九点，其中大部分时间，都是我一个人在讲演。当时讲了点什么内容，现在我已经记不清了，唯一记得的是，在场的顾客都用一种略带遗憾和悲悯的眼神望着我，有顾客还在轻轻抹着眼泪，这让我感到一丝紧张，仿佛快要完蛋的不是书店，而是我。

　　总体而言，那天的"告别会"还算成功，主要的原因是营业额非常不错，在我的印象中，除了开业第一天，最后一天的营业额是最高的。记得有一位顾客竟然买了两千元的书。对于书店老板来说，一次性消费两千元，这是什么概念，大家明白吗？打个比方，即便这位顾客此前在豆瓣上将我所有的小说都打了一星差评，在那一刻，我也会和他成为世界上最好的朋友。除了当天营业额超出平时一个月的营业总额外，不少顾客还给我带了礼物。这天收到的礼物数量，比我出生三十多年来所收到的生日礼物还要多十倍。

告别会结束的时候，竟然还有一位经营自媒体的朋友问我是不是在强颜欢笑。碍于当时店里的情绪渲染到了一种十分感人的地步，我只能装出一副惋惜的样子，嗟叹几句。其实我并不低落，相反，我很快乐，心想如果能天天办书店告别会那该多好啊！

倒不是我没心没肺，而是这个结局从一开始就已注定。我在创办孤岛书店的时候，就已经打算好，如果不出意外，书店只开一年。意外的意思就是书店赚了钱。了解这个行当的朋友们都知道，书店赚钱的概率，相当于中国男子足球队夺得世界杯冠军，而且是决赛对阵法国队进三个球那种。那么，我为什么会想到只开一年呢？

这一切完全源于我在百度上搜到的一条新闻，大意是杭州有一家书店，开业那天老板就宣布，这家书店只开两年，并且整个书店，只卖一本名为《尤利西斯》的书。起初我以为这是假新闻，随后看了深入的新闻报道，发现这竟然是真事。《尤利西斯》鼎鼎大名，它是爱尔兰作家詹姆斯·乔伊斯（James Joyce）创作的长篇小说，我当年买回家，翻了两页就合上了，原因肯定不是因为它只有两页。

每次记者采访问我为什么要开书店时，我总会把这个故事讲一讲。后来，尤利西斯书店的老板胡一刀托朋友联系上我，邀请我去他的书店办一场关于推理小说的讲座。和胡老板聊了之后，才发现他自己还经营着一家广告公司。随后我了解到，尤利西斯书店并没有开两年就关门，经营到现在，估计有一百多年的历史了。所以书店赚不赚钱并不重要，重要的是老板有钱。

言归正传。书店可以不作为一种投资，而是一种消费。刚接触到这则新闻的时候，胡老板所表达的观点，倒是给我提供了一条思路：尽管书店会亏钱，但如果亏损在承受范围内，倒也不是不能尝试。不过，我也没有立刻展开行动，毕竟维持一家书店经营所需要的费用也不低，何况还是开在寸土寸金的上海。而且根据我一位朋友的观点，书店一定要开在"上只角"才行，因为"上只角"有"文化基金"。起初，我以为是一种特定地段的政府补贴，过了很久我才搞清楚，他说的是"文化基因"。

所谓"上只角"，简而言之就是上海市最好的地段，严格来说是从前的法租界和公共租界。那里马路两边种着法国梧桐，还有不少花园洋房，满是欧陆风情。在民国时期，这里是外国人和社会名流聚集的地方，现在则是各种网红直播的聚集地。

昂贵的租金打消了我开书店的想法，直到有一天，我和两位朋友在吃饭时，他们提出能以合伙人的形式，投资这家书店，就当玩玩。既然做好了亏本的准备，下一步就是寻找店面。那位提出"文化基因"论的朋友也参与了投资，所以尽管我们并没有太多预算，但他坚持独立书店只能开在"上只角"。寻找店面的过程是漫长且痛苦的，几乎每个周末我们都会出去看商铺。沿街店铺价格都很昂贵。多昂贵呢？一个月的租金感觉比我的命还值钱。当然，偶尔也有便宜的，但多多少少存在一些问题，比如不能办理营业执照。

当时有两家店铺我们很中意，都位于进贤路，就是电视剧《繁花》中玲子开"夜东京"的那条路。其中一家是花店，二楼出租，谈下来价格也很合理，面积也不小，开一家小书店绰绰有余。不过，后来我们发现二楼是对方自己搭出来的，承重物仅仅是几根粗木头，如果把书堆在二楼，很有可能会导致坍塌。藏书的朋友应该会有这样的体验：你常常会怀疑自己搬运的是一箱石头，而不是书。另一家从外表上看是独栋的两层店面，门很窄。我们联系到了房东，并询问了租金情况，感觉在预算范围内后，就约了房东看铺。结果房东打开门之后，我发现里面的空间和门一样窄，尽管有两层楼，但两层楼加起来，面积可能还没公共厕所的隔间大。

接连的打击让我们陷入了绝望。就在这时，其中一位朋友提出了灵魂拷问——我们为什么不去找中介？

专业的事情要找专业的人去干。联系上中介的第二天，他就为我们找到了一家不错的店铺。不论地段、面积、装修，还是租金，都让我们很满意，唯一美中不足的就是这个门面不是沿街的，而是在一条蜿蜒曲折的弄堂里。这家店原来是一家花店，装修也很不错，我盘算着可以省下一大笔装修费，只需要买几个书架，就可以开门营业了。花店老板也很好说话，我们给了他一笔转让费，接下来就和房东签订了一年租约。合同敲定后，我们就去工商局办理了营业执照，但由于流程不熟悉，跑了好几次，不是缺这个材料，就是缺那个证件，搞了好久都没办下来。材料全部交齐后，我们错误地认为流程已经在走，营业执照应该很快就能搞定。

2021年4月10日，孤岛书店开业。开业两天后，孤岛书店因无营业执照和出版物经营许可证，被黄浦区文旅局勒令暂停营业并罚款。

问题是，我们当时根本不知道什么是出版物经营许可证。后来才搞明白，如果你要开一家书店，这个许可证和营业执照同样重要，否则就是非法经营。可在那个时候，不少媒体已经采访过孤岛书店，新闻报道铺天盖地，非常多的顾客慕名而来，想要见识一下当时国内唯一一家侦探推理书店的风采，结果过来一看，铁将军把门，我站在门口不停地向从全国各地赶来的顾客道歉。于是，出现了以下"荒谬"的对话——

顾客问道："老板，来都来了，能不能让我们进去看看？"

我摇头拒绝："不行，我们没有执照和许可证，不能卖书给你。"

顾客又问道："我们保证不买书！就看看！"

我再三确认："真的不买？"

顾客用力点头："绝对不买！"

我如释重负地说："那……那你进去吧！"

听上去像笑话，但确实是真实发生过的事。

最让人尴尬的，还是上海电视台记者来采访的那次。那天，电视台的记者周老师和扛着摄影机的摄影师大哥来到书店门口时，见到书店里灯光暗淡，便问我怎么回事。我如实相告，周老师十分震惊。来都来了，这可怎么办？我当时羞愧得无地自容。

幸好周老师反应极快，表示既然这样，不如就以

"教育"的形式进行一次采访。我对着镜头，歉然地表达了自己因首次开书店，在经营方面有诸多问题和失误，将来一定多加学习，避免犯错。那天晚上，新闻便以《网红侦探书店证照未全，正式开张尚需时日》为题，报道了孤岛书店。

四月份暂停营业，搞定执照和许可证的时候，已经到了六月。也就是说，孤岛书店有两个月时间，只能参观，不能购买。我则负责在门口，阻止顾客买书，大量的顾客被我们劝退，真是滑天下之大稽！这也是我们为自己的无知买单。

刚开业的一段时间，书店的生意还算不错，这要归功于媒体的宣传。毕竟以侦探推理为主题的书店，对大家来说都很新鲜。许多顾客来到店里，会先发出"推理小说原来有这么多"的感叹，见到我后，还会发出"中国竟然也有推理作家"的感叹。每当这个时候，我总会耐心地向顾客们介绍国内的推理作者，这位是"中国的密室之王"，那位曾登上过日本的推理四大榜单……顾客也很给面子，不但不会打断我，而且还会配合地发出赞叹。通常情况下，他们还会在临走之前，买一本东野圭吾的书。

当时孤岛书店有一面留言墙，专门让顾客写下给孤岛书店的赠言。尽管其中有不少胡言乱语，但大部分留言都很有心，其中有一句我特别喜欢——**存在即馈赠**。我一直认为这面墙是孤岛书店最有价值的部分。书店关门的时候，我小心翼翼地将贴在墙上的便利贴一张一张撕下，保存起来。后来谜芸馆开业，我将这些便利贴排列整齐，裱在相框里，继续在新的书店展出。我希望能带着大家的善意和鼓励，继续下一站的旅程。

直到今天，还是会有人问我，为什么这家书店要叫"孤岛书店"，是因为一本叫《岛上书店》的书吗？真正的原因很简单，是因为英国推理作家阿加莎·克里斯蒂（Agatha Christie）有一部名作，叫《无人生还》，这本书还有另一个译名，叫《孤岛奇案》。有些时候，我会厌倦用同一个答案回答同一个问题，这时我会用另一种方式去解释店名——在推理小说中，有一种模式叫"孤岛模式"，即一群人被困在一个地方，陆续被杀害，他们既不能出去，外部的支援也无法进入，于是形成一个死局。这也是推理小说中的经典模式，爱看《名侦探柯南》的朋友，一

定不会陌生。

听到这个答案，有些朋友会觉得比较惊悚，不如他们想象中那么文艺。每当这个时候，我还会说出另一种解释。

——如果说书店是城市中的孤岛，那么侦探小说，岂不是文学中的孤岛？

上面这句颇有文艺气质的回答，其实是我面对记者时，一拍脑袋想出来的。当时随口一说，但事后越想越有道理。

入冬之后，来孤岛书店探店的顾客开始变少了，经常会有一整天一单生意都没有的情况出现。究其原因，我认为一方面是天气寒冷，大家都愿意待在家里，另一方面是属于网红书店的热度已过，媒体也不再登门。眼见孤岛书店的寿命将近，我们也开始陆续做起了关店的准备。我们告知房东，在租约到期后，不打算续租。几个月前我路过南昌路时，还特意进去看了看，孤岛书店的旧址，现在是一家美甲店。

最后，在关门之前，我们推出了五本书 88 元的盲盒来清库存。近百份盲盒上架微店后，两分钟就被抢购一空。店里的桌椅板凳都送给了隔壁店家，书架、货架卖给了收废品的，相框、雕塑等装饰品则被我拿回了家。

最后一天，我背着大包小包，和空荡荡的孤岛书店道了别。

这里曾经充满了各种声音，此起彼伏，可是，现在竟连回声都听不到了。锁上门的时候，天空黑压压的一片，气压低得让人几乎喘不过气来。不一会儿，豆大的雨点洒落下来，我和朋友没带雨伞，只能用手里的背包挡住头，逃跑般离开了这里，狼狈且匆忙。

建立谜芸馆

02

在举办"孤岛书店告别会"的前一天晚上，我打开微博，意外地发现了一封未读私信。

自书店开业以来，我的微博私信开始变多，大部分是咨询书店几点开门迎客，营业到几号，或是某天在不在书店等，然而这条私信却不太一样。信中言道："您好，有看到书店的闭店消息，有些遗憾。类似情况，之前复旦旧书店也因为种种问题搬迁，我们把他们请过来了。所以冒昧问问你们，是否愿意来我们项目呢？我们是瑞安集团旗下创智天地项目，有大学路这样的街区。相关资料我可以发过去。盼复，谢谢。"

随后我们就加了微信。邓老师是创智天地项目租赁部的成员，她先是发给我复旦旧书店的新闻，然后对我说，想邀请孤岛书店入驻伟德路，成为它们的邻居。

其实复旦旧书店我之前也去淘过旧书，旧址在政肃路 55 号二楼，印象中那边周围有菜场、网吧和旅馆，环境比较一般。这家自 2000 年便屹立不倒的书店，历经二十余个春秋的沉淀，早已名声在外，吸引着络绎不绝的书友们前来寻觅珍籍、打卡留念。之前确实在新闻中看到过复旦旧书店歇业的新闻，没想到竟然搬去了伟德路。

我对大学路颇为熟悉，而伟德路之名则是初次听闻。邓老师耐心为我释疑，原来伟德路是紧挨着大学路的一条充满文艺气息的小径。我向邓老师袒露了心中的忧虑，提及自己对大学路街区有所了解，那里的租金高昂，对于书店而言，无疑是一笔难以承受的开支。因此，我委婉地表达了拒绝之意。那时，孤岛书店刚刚落下帷幕，我并无重启书店之念，而经历了孤岛书店的风波后，我的合伙人们恐怕也已对书店投资心灰意冷。让我自掏腰包，对于一个非畅销作家来说，压力还是很大的。然而，邓老师并未就此作罢，她诚挚地邀请我，希望我能抽空实地考察一番，关于租金事宜，她表示尚有商量的余地。

然后补充了一句：诚意满满。

我想看看也没啥损失，再说伟德路离我家不远，都在杨浦区，就答应了。

两天后的下午，我们在大学路上的 81BAKERY 咖啡店见了面。邓老师留着一头干净利落的短发，打扮入时，正坐在室外的椅子上等我。印象中她笑嘻嘻的，非常亲切，还请我吃了咖啡和三明治。聊了一会儿后，她带着我去逛了伟德路。这条小路不长，两边种满了樱树，邓老师告诉我，每年春季，这里的樱花就会盛开，非常漂亮。她又带我看了几家沿街店铺，大小都在六十平方米左右，空间比原来的孤岛书店大多了。然而，那时的我，虽心存好奇，却更多是以一种轻松漫步的心态，参观这条小路，并未真正萌生重启孤岛书店的念头。所以和邓老师聊完后，我顺口推说考虑几日，就回了家。

没过多久之后，疫情暴发，随后的几个月，我们都没再见面。

那段时间，我在家中完成了长篇推理小说《侠盗的遗产》。因为之前经营书店，一直没空写作，稿件也迟迟未能交付。如今既已交稿，我顿感身心放松，却也不免有些失落，一时之间竟不知所措。此时，我恍然想起，从孤岛书店带回的那些物件，至今仍杂乱无章地堆放在阳台上，未曾得空去整理。

距离孤岛书店停业才过半年，这些东西在阳台上已积了一层薄灰。我轻轻将纸箱和塑料袋一一拆开，将其中的物品一件件取出，拿在手里端详。原本被摆在书店作为装饰的物件们，如今却像失去士兵的将军般，不再有当时骄傲的样子。不论是福尔摩斯的铜雕，还是爱伦·坡的肖像，抑或是那台复古的打字机，无一例外，个个垂头丧气。眼下的它们，不再是顾客相机镜头下的宠儿，而是终日以灰尘为伴，被束之高阁的无用之物。

继续往下翻，我摸到了一大包由塑料纸包裹的便利贴。近百张五颜六色的便利贴，上面写满了字。我一屁股坐在地上，打开塑料纸，将不同颜色的便利贴全都倒了出来，一张张看过去。无数回忆朝我涌来——祝福、期待、赞美、鼓励，以及最后的遗憾。我不知道自己沉浸其中过了多久，只记得当我终于读完最后一张，由于长时间保持同一坐姿，腰部僵硬得几乎无法直立起身。读完这些留言，我立刻拿起手机，打开微信，在时隔半年后，给邓老师发去了一条微信。

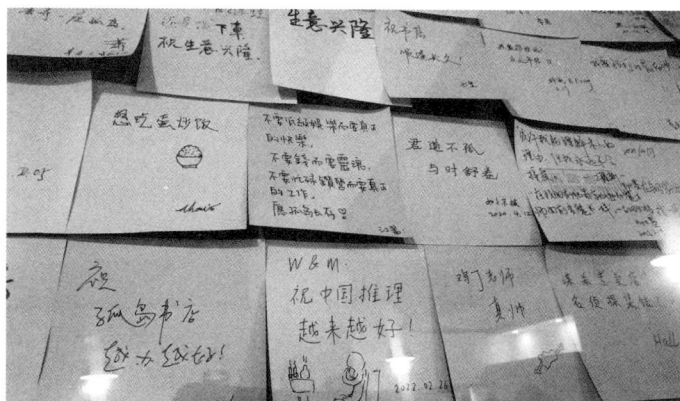

"邓老师你好，之前看的门面，你们租掉了吗？"

五分钟后，等老师回了三个字——在在在。

在我向邓老师表达了想在伟德路将孤岛书店重新开张的意愿后，与创智天地这边的合作推进得很快。这里其实还有个小插曲。原本我看上的店铺，并不在现在谜芸馆所在的位置，而是它对面另一个门面。当时另一家综合书店悦悦书店也入驻伟德路，他们需要的场地更大，所以要租下几乎一整排的门面。邓老师来找我商量，能不能换到对面。起初我并不是很乐意，但去现场看了之后，觉得好像也不错。接下来就是租金多少的问题。对于一家实体书店来说，租金一般来说是最大的支出。

我很坦诚地向邓老师表达了我作为作家的拮据，同时还引用了作家阿城的一句话——畅销作家和作家是两个概念。畅销作家是有钱人的概念，作家是要饭的概念。但根据法律，即便是要饭的乞丐，租店铺还是得付钱。我们在微信上一通拉扯，来来回回数天，最终还是达成了一致。随后就是走流程，签租赁合同。

签完合同后，我便开始思考下一步该怎么走。除去租金,我手头的资金已经所剩无几。接下来还有装修和进货两笔费用。进货的钱可省不了,图书的价格是死的,而且作为侦探推理主题的书店,推理小说要尽量齐全,才能显得专业。那么,唯有从装修费用里省。如何节省装修费呢?那就是不装修。如何不装修还能显得有品位呢?那就是工业风。是的,想到这点后,我满意地笑了起来,笑容中还透出了一丝贫穷。

我把我的想法告诉了朋友,并表示日本建筑大师、拥有"清水混凝土诗人"之称的安藤忠雄造的房子,也和毛坯房没啥两样。朋友听完惊呆了,对我说,你在外面见到的室内水泥地,大多采用的是微水泥技术,而你这就是水泥地,差远了,简直是李逵和李鬼的区别!不过我当时没理他,因此也为这节省成本的水泥地,付出了惨痛的代价,这是后话。

装修队开工,先去物业报备,拿资料盖章。按照创智天地的要求,装修队建起了围挡,并把平面布置图和顶面布置图交付审核。这边的流程非常严谨,甚至像谜芸馆这么一个六十平方米不到的地方,还要设置应急照明灯和逃生指示牌。平面布置图和顶面布置图审核不合格，对方说缺少了机电系统图，还有上家遗留的空调，必须出具承诺书。为了节约开支，我还将上家的空调留了下来，也为之后留下了隐患。消防设施还需要找园区维保来店铺内查看，是否需要增加，如果不需要，维保会出声明。全部搞定后，装修队才能开始施工。

当时我脑子里构想的装修风格，是由原木、玻璃和水泥三个元素组成的，内部和外部的墙壁都用涂料涂成白色，整个店铺远看就像一个白色盒子。除了装修，我还按照店铺内的尺寸，从淘宝上定做了一套书架。这家店铺的价格非常实惠，之前孤岛书店的书架也出自他们之手，而且他们还提供了贴心的上门安装服务。书店的桌椅也都是从淘宝上买来的，付款的时候我就开始后悔，早知道孤岛书店那套桌椅就不送隔壁老板了，自己留着多好。

桌椅板凳都配齐后，剩下的就是软装。一面墙挂满推理作家们的相片，另一面墙挂上我最爱的美国推理作家埃勒里·奎因（Ellery Queen）兄弟的画像；用长凳在落地玻璃处搭了一个简单的橱窗，上面放置复古的行李箱、打字机，还有手写信纸、放大镜、烛台和仿真骷髅头；特意留出一个矮书架，做成阿加莎·克里斯蒂专柜，并摆上了阿婆的相片和大侦探波洛的手办；当然福尔摩斯铜像必不可少，它身边还有微型的福尔摩斯房间模型；书店最重要的装饰品，则是用相框装裱起来的便利贴，挂在了进门就能看见的墙上。

当这些"无用之物"重新被摆上台面后，它们不仅仅是装饰品，更成了连接过去与现在的桥梁，整个空间仿佛被赋予了孤岛书店的灵魂。

那么，书店的名字是否还要继续叫"孤岛书店"呢？

综合考量各方面因素，维持原店名无疑是最佳选择。毕竟孤岛书店曾登上过"大众点评榜·黄浦区书店音像热门榜"第二位，仅次于思南书局，可谓名声在外。不了解的朋友可能不知道在小众书店林立的黄浦区拿到第二是什么概念。对于我们这种规模的书店而言，总面积加起来，或许还不及某些大型书店卫生间的一半。此外，孤岛书店还被黄浦文旅收入书店指南《阅读黄浦》中，算是上海黄浦区有代表性的特色书店。

若在搬迁到新地址的同时变更店名，无疑会导致

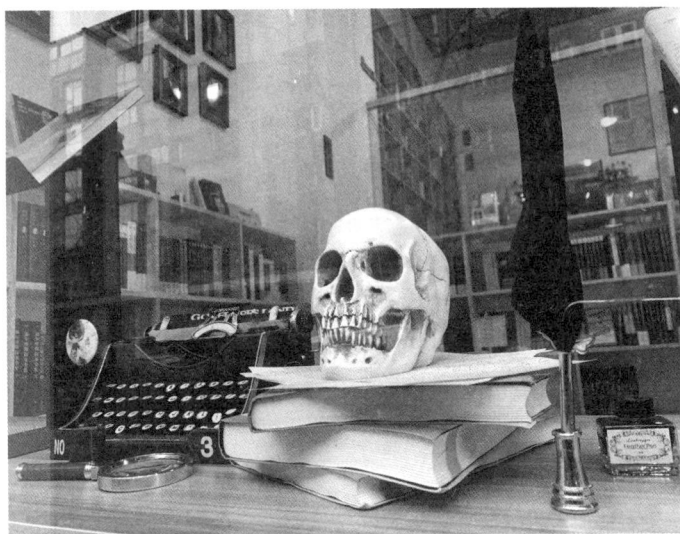

部分顾客群体的流失，前期孤岛书店辛苦积累起来的客流量与品牌影响力也将遭受一定程度的削弱。

可是，虽说孤岛书店是以我为主理人，但我并不是唯一的创办者，还有投资我的朋友们。孤岛书店的名字，属于我们全体所有人，我不能独占。朋友当然无所谓，他们也认为继续叫孤岛书店更好，但我心意已决，孤岛书店将成为回忆，新的书店，需要一个新的名字。

问题来了，叫什么名字好呢？

我想过好几个名字：例如"迷宫书局"，其寓意深远，象征着踏入这家书店便如同步入一座智慧的迷宫，唯有运用逻辑推理，方能探寻到知识的出口；又如"侦探博物馆"，此名意在打造一家专注于搜集侦探故事的独特书店，仿佛一座博物馆，精心陈列着侦探世界的种种传奇与谜团，供人细细品味；再如"谋杀专门店"，这一灵感源自一套著名侦探小说丛书，新奇感拉满。

然而，对于之前构想的几个店名，我总觉得有所欠缺：先说"迷宫书局"，这个名字虽简洁却略显平凡，而且迷宫与谜团的关联性并不高；"侦探博物馆"

感觉很像网红店的名字，最近市面上出了一大批"某某博物馆"，感觉有跟风的嫌疑。"谋杀专门店"则是我个人极为倾心的一个选项，遗憾的是，"谋杀"二字作为店名使用，似乎略显敏感且不够恰当，加之这一名称已被他人采用，若我再次选用，难免有剽窃之嫌。

就在我苦无灵感之际，朋友说不如就叫"谜书房"吧！我当时就嘲讽他，这个名字感觉像老年活动中心的书房。不过我转念一想，名字虽然土气，但意思却很到位，那有没有办法在不改变原意的情况下，让书店的名字变得更新颖一点呢？于是我想到了颐和园的"宜芸馆"。"芸馆"这两个字可以解释为"书房"，叫"谜芸馆"这个名字，似乎还不错。一年之后，我到日本参加一场文化交流活动，讲谈社的编辑看着"谜芸馆"三个字，以为其中的"芸"是"艺"的意思，因为在日本"艺"就写成"芸"。所以"谜芸馆"又多了一层"谜的艺术馆"的含义，可以说是歪打正着。

店名确定后，下一步就是设计一款属于谜芸馆的 logo。我比较喜欢简洁的风格，之前孤岛书店的

logo 也属于比较简约的风格，于是我便非常详细地将我的需求告诉了设计师，基本上一稿就过了。一方面，是我并不太在乎这种东西；另一方面，谜芸馆 logo 的设计师是我学弟，我不忍心折腾他。我大学专业也是平面设计，但自毕业以来，从事过的工作几乎和设计无关，学的那点东西，都还给老师了，所以才找学弟来帮忙。

原本以为一切都安排妥当，接下来只须等待相关证件到手，从出版社订购的书籍送达后，便可以开业迎客。没想到在这个时候，营业执照的办理出了问题！

我们被告知，谜芸馆所在的伟德路 48 号不能注册，原因是上一家租户的公司还没迁走。最后千方百计才联系到上家，请他们尽快将公司注册地迁走。除此之外，还因装修时的围挡占了道，被罚了款。正因为这样一件又一件的小事，耽搁了不少时间。房东这边则一直在催促，要我们及时提供营业执照、开业消防情况说明和两份在营期保险。待营业执照和出版物许可证到手后，我才定下心来。吃一堑，长一智，谜芸馆绝对不能重蹈孤岛书店的覆辙。我们

要合法经营，证照不齐，绝不开店。

我一向信奉"事以密成"的圭臬，想暂时将这个计划保密，待开业前一周再向公众宣布。可惜这个计划因为装修时围在店门处的围挡而"泄露"。

按照伟德路这边的要求，沿街店铺装修必须有围挡，围挡上也要有店铺的 logo 和名称。当时《解放日报》的施晨露老师经过伟德路，意外发现了这家即将开业的书店，正是之前的孤岛书店。施老师曾采访过孤岛书店，自然有印象，于是立刻联系了我，并做了一次电话采访。不过我还是特意请求她，希望这篇报道能缓一缓，等我准备公布开业消息后再发布。她很爽快地答应了。

2023 年 1 月 17 日，"上观新闻"发布了题为《推理小说家开的全国唯一侦探书店回来了！》的报道。

我在谜芸馆的公众号，写下了下面这段文字：

已经准备就绪，可以告诉大家了——上海的侦探书店又开了。

2022 年 3 月 12 日，孤岛书店正式关停，当时不少读者表示很遗憾，有许多外地的朋友因疫情无法成行，评论和私信里也收到了好多鼓励的话，希望将来有机会，可以把书店再开起来。但现实中总有许多的困难，尤其是去年一整年，大家都过得很辛苦，我自然也不例外。所以当创智天地邓老师邀请我们的时候，我也犹豫过。

夜里我从柜子中翻出曾贴在孤岛书店墙上的留言，数百张便利贴，上千字，一张张一行行地看。我决定再试一次。然而从9月份开始筹备，遇到了许多问题，流程、装修，还有疫情。拖拖拉拉到了年底，过程中种种艰辛，不足与外人道。所幸一切尘埃落定，这家小书店终于可以和大家见面，付出的汗水没有白费。

感谢曾经帮助过孤岛书店的各位朋友和老师，没有你们，这家书店也不会延续下来。所以南昌路的"孤岛书店"没有消失，在伟德路，它成为了"谜芸馆"。

希望在这条开满樱花的街道，能再次和你们相遇。

如何选择书目

03

书店的灵魂不是装修风格多漂亮，也不是售卖的咖啡有多好喝，而是书籍本身。尤其是独立书店，其所售卖的图书，大致代表了店主的个人品味，也决定了将来会吸引怎样的顾客群体。作为一家侦探推理主题书店，所选的推理小说，不仅要有畅销作者的最新作品，还必须有小众却重要的经典作品。此外，推理小说的流派众多，作为专门店，一定要做到尽量齐全，让顾客在店里选购书籍时，可以找到任何自己想读的类型。

　　说来容易，但这并不是一个简单的工作。

　　我将书店分成四个区域，一楼进门左手边的区域主要是欧美侦探小说黄金时代的作品，也就是欧美古典侦探小说；右手边靠矮墙一排放置的是西方现代犯罪小说；上到二楼，左手边一整面墙都是日系推理小说；正对着楼梯的书架上面，则是中国推理小说。我将中国推理小说的书架放置在楼梯口，那是最醒目的位置，一进书店就能看见。

这四个区域我认为可以用四个词来代表。

欧美古典侦探小说代表着"过去"，彰显推理小说最辉煌的一段岁月；西方现代犯罪小说代表"主流"，告诉大家世界正在流行什么样的犯罪故事；日系推理小说代表"流行"，不可否认是国内目前最畅销的推理小说；中国推理小说我认为代表"未来"，随着众多有才华的青年创作者加入到这个行列中，中国推理小说必然会崛起，甚至会影响世界推理小说的发展。

先谈谈欧美古典侦探小说。

侦探小说滥觞于美国，继而在英国蓬勃发展，终在 20 世纪 20 年代迎来了其辉煌的黄金时期。彼时，F.W. 克劳夫兹（Freeman Wills Crofts）的《桶子》（*The Cask*）与阿加莎·克里斯蒂的《斯泰尔斯庄园奇案》（*The Mysterious Affair at Styles*）相继问世，两部作品交相辉映，共同标志着黄金时代的璀璨启幕。1926年，美国文坛迎来了一个里程碑式的时刻，作家范达因（S. S. Van Dine）的《班森杀人事件》（*The Benson Murder Case*）出版，轰然开启了美国侦探小说黄金时代的大门。在 1930 年代，众多才华横溢的作家纷纷涌入侦探小说的黄金时代浪潮之中。

在侦探小说的黄金时代，名家如满天繁星，名作层出不穷，与此同时，新颖的推理流派也如雨后春笋般不断涌现。这一时期的侦探小说家们对解谜推理怀有无比的热爱与推崇，将之作为一种纯粹的智力游戏来精心打造。在早期的创作中，他们甚至秉持着一种极致的理念，即一切情节皆须服务于谜题的构建与解答，展现了对推理艺术极致追求的精神。

若遵循我最初的规划，在挑选上架图书时，我定会首先考虑黄金时代那些历久弥新的经典之作，除了妇孺皆知的《福尔摩斯探案集》外，还会有像伊斯瑞尔·冉威尔（Israel Zangwill）的《弓区之谜》（*The Big Bow Mystery*）、杰克·福翠尔（Jacques Futrelle）的"思考机器"系列等作品。但问题来了，国内引进的欧美古典侦探小说极为有限，甚至许多作品很早就已绝版。像《布朗神父探案集》《亚森·罗宾探案》等作品属于长销书，并未绝版，其他作品就没那么好找了。举个例子，在谜芸馆开业的时候，奎因兄弟的代表作"国名系列"就已绝版，在一些二手书网站上，也被炒到了"天价"，全套九本竟在千元以上；克里斯蒂安娜·布兰德（Christianna Brand）的多部作品，曾在 2009 年由吉林出版集团出版，但现今已难觅其踪；还有上述提到的那两本"经典作品"，也都只能在旧书店中淘到一些"残本"。

在这种情况下，我尽量在各大出版社中寻觅一些新的版本。比如加斯通·勒鲁（Gaston Leroux）的《黄色房间的秘密》（*The Mystery of the Yellow Room*）就在 2023 年由重庆出版社再版；著名的《火车怪客》（*Strangers on a Train*）也由上海译文出版社在 2020 年改名《列车上的陌生人》出了新译本；2021 年，中国青年出版社引进出版了数十本精装的"大英图书馆·侦探小说黄金时代经典作品集"系列（*British Library Crime Classics*），也很好地填补了书店欧美古典专区的空白。

第二块区域是西方现代犯罪小说专区。有不少顾客询问过我，现代犯罪小说和过去的古典侦探小说，有什么区别？不都是欧美推理吗？没错，两者确实可以算是广义上的推理小说，但本质上却是完全不同的两种类型。打个比方，生煎馒头和奶油蛋糕都是食物，却是完全不同的东西。

在黄金时代后期，推理作家开始觉得在"诡计"上难以创新，希望打破之前的束缚，于是开始寻求新的思路。厌倦虚假谋杀的读者们，渴望读到更加写实的犯罪故事。雷蒙德·钱德勒（Raymond Thornton Chandler）曾在其针对古典侦探小说的檄文《简单的谋杀艺术》中批评道："从思想上来说，它们谈不上是个难题；从艺术上来说，它们谈不上是小说。"文中批评了阿加莎·克里斯蒂、多萝西·L. 塞耶斯（Dorothy L. Sayers）等知名推理作家。钱德勒高度赞扬了达希尔·哈米特（Dashiell Hammett）将现实主义元素引入侦探小说的做法，认为他"把谋杀案还给了有杀人理由的人，不仅仅是提供一具尸体而已"，尤其是哈米特的名作《马耳他之鹰》（*The Maltese Falcon*）。这部侦探小说预示着"硬汉派"侦探小说的诞生。

硬汉派侦探小说对古典侦探小说的颠覆性变革，被称为推理小说史上的"黑色革命"。黑色革命堪称推理小说史上最成功的变革之一，它不仅重塑了推理小说的面貌，还为后来的文学创作提供了丰富的灵感和借鉴。自此之后，欧美推理小说进入了多元化的时代，各种不同派别的推理小说纷纷登场亮相。

这个区域的推理小说时间跨度很大，充斥着各种不同的风格和类型。既有硬汉派侦探小说的代表人物雷蒙德·钱德勒，也有获得美国犯罪小说最高荣誉"爱伦·坡奖"的犯罪小说家丹尼斯·勒翰（Dennis Lehane）；有以《达·芬奇密码》（*The Da Vinci Code*）闻名于世的丹·布朗（Dan Brown），也有抖音网红、美国演员曹操（Jonathan Kos-Read）的长篇历史推理小说《金宫案》（*The Eunuch*）；此外，像法国的皮耶·勒梅特尔（Pierre Lemaitre）、意大利的安德烈亚·卡米莱里（Andrea Camilleri）、瑞典的约翰·希欧林（Johan Theorin）等，这些在国际上知名，在国内却鲜有读者的推理大师，其作品也都尽量收入。

有些顾客在这个区域经常会看见一些纯文学作家的名字，他们会感到非常惊讶，这些文豪竟然也写过推理小说！比如像博尔赫斯（Jorge Luis Borges）的《伊西德罗·帕罗迪的六个谜题》（*Seis problemas para don Isidro Parodi*）、查尔斯·狄更斯（Charles Dickens）的《德鲁德疑案》（*The Mystery of Edwin Drood*）、石黑一雄的《我辈孤雏》（*When We Were Orphans*）等。

当然，其中还会包括一些有犯罪元素的文学作品，像获得过诺贝尔文学奖的作品《我的名字叫红》（*Benim Adım Kırmızı*）、保罗·奥斯特（Paul Auster）的《纽约三部曲》（*The New York Trilogy*）。

不过从销量上来讲，欧美犯罪小说的受众非常小。这当然有几方面的原因。听到最多的抱怨就是人名太长记不住，给阅读带来了困难，常常读到后面，就忘了谁是谁。我个人认为，国内读者不太接受欧美推理的最大原因，是由于文化背景的不同。

不同文化背景的读者在阅读同一部作品时，往往会因为各自独特的文化视角和认知差异而产生迥然不同的感受与体悟。例如，我曾看过一部欧美恐怖片，其剧情高潮之处是：一群人身陷密室，而室内所有的十字架竟诡异地开始旋转倒置。这一幕对于具有基督教文化背景的观众而言，无疑是极具震撼和恐惧效果的，他们脸上纷纷流露出惊恐的神情，并爆发出歇斯底里的叫喊声。然而，对于像我这样缺乏基督教文化背景、对十字架象征意义理解不深的观众来说，这一场景所蕴含的深层恐惧与紧张氛围便难以被完全体会和共鸣。

还有像美国的畅销作家斯蒂芬·金（Stephen King）的作品，在国内市场的反响却相对平淡。斯蒂芬·金的很多小说的故事背景都在缅因州的偏远小镇，在封闭的小镇环境中，融入超自然元素，极大地提升了故事的惊悚氛围。然而，对于未曾亲身体验过类似小镇生活环境的读者而言，想要完全沉浸并深刻理解金笔下的恐怖世界，无疑会面临一定的挑战，其作品的感染力与震撼力也可能会因此有所减弱。同理，如果你生活在维多利亚时代的伦敦，那么你就会把歇洛克·福尔摩斯和贝克街221B当成真实存在的人物和地址；如果你在纽约生活过，那么你能更好地进入劳伦斯·布洛克（Lawrence Block）笔下的侦探马修·斯卡德的犯罪世界。

正是基于这样的缘由，日系推理才得以在中国广泛流行。其根本原因也是由于东亚国家之间文化相近，因为同属儒家文化圈，相似的文化背景下更容易产生共鸣。虽然我没做过精确的记录，但凭我的印象，从书店卖出去十本推理小说，其中九本一定是日系推理。

近些年来，日系推理发展迅猛，流派之多，犹胜欧美推理。如果用"本格派"和"社会派"来区分，那就太简单了。细分起来，有以江户川乱步、横沟正史为代表的"战前本格"，松本清张、宫部美雪为代表的"社会派"，西村京太郎、内田康夫为代表的"旅情推理"，北方谦三、大泽在昌为代表的"硬汉派"，海野十三、小林泰三为代表的"科幻推理"，绫辻行人、法月纶太郎为代表的"新本格派"，京极夏彦、三津田信三为代表的"民俗推理"，等等。最近很火的新生代推理作家白井智之与方丈贵惠，他们的代表作则属于"设定系推理"。

还有顾客问我"变格派"是不是崇尚猎奇恐怖、心理变态的推理小说。这其实是望文生义。变格派最早被提出，是为了区分本格派，形容那些不以逻辑解谜为重的推理作品。时至今日，在描述具体的推理小说时，"变格"这个词已经较少被使用。相反，它似乎在剧本杀的玩家群体中得到了新的生命，被赋予了全新的含义和解读。

与欧美古典侦探小说在国内逐渐式微的境遇截然不同，日系推理在近十年来被大量引进到中国，备受读者欢迎。尤其是"东野圭吾"这个名字，几乎已经成了日本推理小说在中国的标志性存在。然而，在谜芸馆的日系推理专区里，东野圭吾的作品并不算多。这并非我对这位"畅销君"有所偏见，实则是因为他的作品在国内各大书店都设有专柜，且种类齐全，购买极为便捷。因此，我更倾向于利用书店有限的空间，去展示那些在其他地方较难寻觅的推理佳作。事实证明我的决定没有错，来谜芸馆购买东野圭吾作品的读者并不多。

碍于场地有限，日系推理书架并不算很大，但基本保证近些年所出版的推理小说都能买到。书架也会做一些简单的划分，比如左边是本格推理，右边是社会派推理，最里面是科幻推理和历史推理，战前的推理作家也会摆在一起，方便顾客选购。原本我还想划一块做推理漫画专区，但国内引进的推理漫画不多，除了《名侦探柯南》，也只有像《冰菓》《勿言推理》《药屋少女的呢喃》等寥寥数种。简体版的《金田一少年事件簿》曾由南方出版社出过一版，现在也已经很难进到货了。

最后介绍的是中国推理专区。

相比引进的日本推理作品,国内推理小说出版数量少得可怜。我在日本逛书店时，发现他们的原创小说非常多，而且经常被摆放在显眼的位置，翻译小说则靠里面，而在国内的书店却相反，通常是翻译小说占据 C 位。在谜芸馆，我决定将最显眼的位置留给中国推理。

很多读者并不了解国内推理小说的发展情况，其实中国早在晚清时期就已经诞生了原创的推理小说，其中比较知名的，是民国时期的作家程小青和孙了红。所以我在中国推理专区，留了一个位置，专门摆放解放前的中国侦探小说。但民国侦探小说并不好找，甚至在网上都难以寻觅。幸而牧神文化推出了一套由华斯比主编的"中国近现代侦探小说拾遗"丛书，其中包括《中国侦探：罗师福》《刘半农侦探小说集》《胡闲探案》《李飞探案集》《中国侦探在旧金山》《叶黄夫妇探案集》《糊涂侦探案》《双雄斗智记》八本经典作品，添补了谜芸馆书架上中国推理草创期作品的空白。

从广义上来看，国内不少犯罪悬疑作家的作品，也可归于"推理小说"的行列。尽管他们自己可能未必这么认为。比如麦家的谍战小说、马伯庸的"历史悬疑"小说、蔡骏的"心理悬疑小说"系列、那多的"那多灵异手记"系列、雷米的"心理罪"系列、秦明的"法医秦明"系列等。在20世纪八九十年代也曾出现过一批撰写侦探小说的作者，比如曹正文、蓝玛、何家弘等，遗憾的是，这些作者的不少作品都已绝版，可能因为各种原因，也并没有再版，很难找到。有趣的是，我在整理国内推理小说资料时发现，不少纯文学作家还写过推理小说，比如王朔的《火欲：警官单立人的故事》和余华的《河边的错误》。

自从2020年爱奇艺的"迷雾剧场"推出由紫金陈小说《坏小孩》改编的剧集《隐秘的角落》之后，悬疑推理剧在国内掀起了一波热潮，尤其是"中式社会派"推理剧。所谓"中式社会派"，就是把重点从推理小说的诡计上移开，着眼于人物与社会的关系，抓住观众的不再是"犯罪手法"和"凶手身份"，而是复仇的快感与虐心的剧情。与传统的本格推理剧不同，这种剧集情感的成分要大过理性的成分，更能引起大多数观众的共鸣。随后几年，不少中国社会派推理小说被改编成剧集，包括最近很火的《漫长的季节》，也是这一类型。

然而，中国本格推理的现状却呈逐渐衰退之势。

　　新星出版社旗下的"午夜文库"作为国内最大的推理小说出版平台，近些年来推出了不少国内的推理作品，也是为数不多愿意出版"中国本格推理"的平台。其中也不乏成绩斐然者，如 2018 年出版的《凛冬之棺》，作为一部纯正的本格推理作品，不仅成功打入日本市场，赢得了日本读者的广泛好评，更在 2023 年荣获原书房"本格推理 BEST 10"海外榜亚军及"周刊文春推理 BEST 10"海外榜前十的佳绩。

　　然而，相较于国内社会派推理的热烈反响，多数本格推理作品在市场上的表现显得黯然失色。这也导致不少原本创作本格推理的作家开始纷纷转型，比如曾以"真相推理师"系列闻名的本格推理作家呼延云，其融合社会派风格的转型作品《扫鼠岭》甫一出版，便在国内读者间获得了一致好评。因此，在谜芸馆的中国推理专区中，社会派推理的占比显著超过了本格推理。这并非出于个人偏好，实则是因为国内出版的本格推理小说稀缺，远不及社会派推理那般丰富多样。

　　碍于篇幅所限，身为推理书店的店长如何选择书目，会有哪些考量，也只能在这里简单地谈一谈。如果要展开聊的话，恐怕可以专门为此写一本书。简而言之，谜芸馆在选书过程中遵循的核心原则，乃是秉持开放包容的态度，不问流派归属，不拘国界限制，不论风格差异，只要是被公认为推理小说中的佼佼者，都会被谜芸馆放上书架，介绍给顾客。

我衷心希望来到书店购书的每一位顾客，都能不被"茧房"所困，在这里遇到不一样的惊喜。

启动！推理主题讲座

04

现在的书店除了售书，文化讲座也是必不可少的组成项目。书店蜕变成了一个集零售与文化交流于一体的多功能空间。文化讲座作为书店不可或缺的重要组成部分，不仅丰富了书店的文化生态，更搭建起读者与创作者之间沟通的桥梁。

通过邀请作家、学者、艺术家等各类文化创作者，书店为公众提供了近距离接触和深入了解他们创作背后的故事与灵感的机会。

其实早在孤岛书店时期，我就坚持举办各式各样的讲座，只要围绕"侦探推理"的主推即可。这一传统在谜芸馆开业后得以赓续。我继续邀请不同领域的嘉宾来书店与读者进行交流。当然，其中大部分还是国内的推理作家。由于我本人身处这个行业，所以作家朋友也不少，每有新书问世，我都会提出邀约，既为新书推介搭台，又为谜芸馆添彩，可谓一举两得。

开业仅仅两年内，谜芸馆已经成功举办了接近三十场以"侦探推理"为主题的文化讲座，每一场都精彩纷呈，内容多样。

我会优先选择圈内的朋友来当嘉宾，是因为我和他们之间坚不可摧的友谊吗？显然不是，是因为贫穷。如果大家是好朋友的话，他就很难开口问我讨要嘉宾费。谜芸馆开业不久，我便毫不犹豫地向我的好友孙沁文老师发出了诚挚的邀请。

经常关注国内推理小说的读者，可能对孙沁文这个名字比较陌生，但他的笔名"鸡丁"大家应该有所耳闻。他的读者在网上经常亲切地称呼他为"鸡老师"。至于为什么起这个笔名，据他自己回忆，是因为吃到了一碗很好吃的宫保鸡丁盖饭。这种很没文化的起名方式，很符合鸡丁老师不拘小节的人设。

我和鸡丁老师的相识要追溯到 2009 年的一次推理迷聚会。那个时候，鸡丁老师还是个正常人，"抖M"的特质尚未显露，不会整天把"请女王大人辱骂我吧"挂在嘴边。我们聊天的内容，大部分还是关于推理小说的。但随着相识时间逐渐变久，我们聊天的内容，就再也和推理无关了，天南地北什么都聊，就是不聊推理，就好像我们是因为唱歌或者钓鱼或者下棋而认识的一样。

当时有一位网名叫 L 的网友，组织了这场聚会活动。恰逢日漫《死亡笔记》风靡一时，其中有个很厉害的名侦探叫 L，长得很帅，每天可以吃十斤糖果，很受女读者的喜爱。所以那段时间，网上大概有一亿个"L"。结果很多人模仿 L 每天吃十斤糖果，糖尿病都吃出来了，还是没人喜欢，他们都忽略了其实受欢迎和吃糖果没关系，主要是帅。

那次聚会给我留下了很深刻的印象。在此之前，我从未参加过任何网友见面会，由于顺路，当时我在群里先和一位名叫"冰姐姐"的网友约在书城碰头，然后一起前往大宁国际商业广场和大家见面。在见面之前，我有点紧张，因为网传这位"冰姐姐"是个大美女。结果现实给我浇了一盆冷水，这位"冰姐姐"是个一米八的大丈夫。这次见面给我带来了不小的震撼，但随后在结识了被大家亲切称为"姐姐"的陆秋槎、"撸撸姐"的陆烨华，以及"果冻妹"孙国栋等一众推理圈好友后，我才恍然大悟，原来这就是推理圈的魅力。

由于鸡丁老师专注于密室推理的写作，聚会的时候大家都笑嘻嘻地喊他"中国密室之王"，口气和《少林足球》中谢贤对着吴孟达喊"黄金右脚"差不多。鸡丁老师也跟着傻笑。谁知多年之后，鸡丁老师竟在美国著名推理杂志《埃勒里·奎因神秘杂志》上发表作品，还在早川书房出版了《凛冬之棺》的日文版，腰封上赫然印着"华文推理界之'密室之王'降临！"，成了日本推理界公认的"密室之王"，十多年前的网友们要是知道这个消息，恐怕笑容也会逐渐消失。

所以当我邀请鸡丁老师来谜芸馆办讲座时，主题就定为"密室推理小说中的'亮眼'诡计"。

鸡丁老师有一项技能我非常佩服，就是对于推理小说中的任何"诡计"都了然于胸，有时聊天中随口说出的诡计，他都能告诉你出自哪一本推理小说，堪称行走的"诡计词典"，可想而知当天的讲座有多么精彩。不过听鸡丁老师的讲座要注意一点，就是最好有一定的阅读量。因为讲解诡计，很难不"剧透"或"泄底"。许多不明真相的听众来听讲座时还是推理小白，离开谜芸馆时，个个都成了"推理大师"，绝对值回票价。

尽管有很多嘉宾都是被我忽悠来谜芸馆办讲座的，但也有一些人自告奋勇，把手举得很高表示"我可以"，比如里卡多老师。

里卡多老师当然不可能姓里，名卡多，这可能是他的外文名。他真名叫段北阳，听上去武功很高的样子，像是从《射雕英雄传》里走出来的一样。不过话说回来，里卡多老师样子确实不错，身高有一米八五，戴着眼镜，斯斯文文，待人接物也十分得体，任何人站在他身边都会被衬得像个反派，所以合影时我尽量把鸡丁老师安排在他身边。

积极参与谜芸馆推理讲座，是因为里卡多老师出于对推理事业的热爱吗？显然不是。由于里卡多老师身为推理作家的同时，还是一位旅居德国的建筑师，所以每当他难得回国的时候，总有很多人想约他见个面。于是身为同济大学高材生的里卡多老师灵机一动，不如在国内办个讲座，把相见的人一股脑儿都见了，岂不美哉？正巧我这里也需要内容，于是我俩一拍即合，就有了一场名为《这个建筑诡计可以的：聊聊推理小说的建筑诡计》的讲座。那天，同济大学推理社的许多学妹来到谜芸馆支持她们的学长，里卡多老师见了这么多热情的学妹，还能装出一副镇定自若的样子演讲，真的很不容易。

这里不得不夸赞一下里卡多老师，他作为建筑师的专业素养确实令人钦佩，讲座伊始就敏锐地指出了不少推理小说中的建筑平面图不规范，在他说这个之前，我们丝毫察觉不到这有啥影响。活动期间，还发生了一段有趣的小插曲。谜芸馆里突然走进几位外国人，他们好奇地打量着我们的活动，一脸疑惑。这时，里卡多老师从容不迫地迎上前去，用英语流畅地向他们介绍我们的活动内容。当得知其中一位客人是德国人时，里卡多老师又立刻切换到德语，与那位德国客人亲切地交谈起来。像我这种连普通话都讲不清楚的人，只能滚到一边，静静地看里卡多老师耍帅。我心里盘算着下次也要找几个外国人，冒充顾客来店里，和他们叽里呱啦乱说一通好扳回一局。别人要问，我就说是很小众的语言，你们不懂的。

除了邀请作家之外，谜芸馆还会邀请一些学者来当讲座嘉宾。其中复旦大学的战玉冰老师就是我非常敬仰的一位。战老师学识渊博，长相可爱。是的，学识渊博和长相可爱同时出现在一个人身上时，我也花了很长时间才能适应。

国内研究侦探小说的学者很少，战老师可以说在这个领域很有成就，尤其是对于晚清民国这一时期侦探小说的研究，在国内可以算是佼佼者，他的学术巨著《民国侦探小说史论（1912—1949）》厚厚两大本，上千页，很重，但非常建议购买：拿在手里可以阅读，了解民国侦探小说的发展历史，增长知识；也能当凶器，看谁不顺眼，直接丢过去把他的头砸扁。

战玉冰老师的讲座以民国侦探小说为题，深入浅出地剖析了中国侦探小说的历史渊源与未来走向。不过来听战老师讲座的听众需要做好一个准备，我在这里建议大家带个录音笔，把战老师的发言录下来回去慢慢听。是因为战老师的讲座值得我们反复听吗？是的，但不全是。现代人生活节奏快，看视频都要倍速，我也不例外。通常情况下，我会调成 1.5 倍速，不会超过 2 倍速，再快声音会听不清了。但是！战老师说话简直是"4 倍速"！而且是在他没有加速的情况下。有时候战老师会看一下时间，微微一笑说："啊呀，时间快到了，接下来，我会稍微说得快一点点。"然后直接开启"8倍速"。有时候我在想，这会不会是人类进化的一个方向？将来不再有冗长的会议，领导上台，嘴刚张开一秒，一小时的发言稿就读完了，台下响起了热烈的掌声。

这样效率得多高啊！

所以在此我友情提示大家，如果之后来谜芸馆听战老师的讲座，可以录个音，然后回去调成0.2倍速，这样你就会得到一位说话不紧不慢，节奏适中的战老师。

作家和学者都有了，谜芸馆推理讲座还会出现什么身份的嘉宾呢？就连我自己都很期待。天从人愿，四月份的一天，一位表情严肃的老先生踏进了我们的书店。

他逛了一会儿，然后问我："请问这里是否有案件纪实类的书籍？"作为侦探推理书籍的专卖店，面子可不能丢，我立刻为他找来了几本案件纪实，以彰显我们书店备货之全面。他翻阅片刻后，又进一步问道："那有没有中国人撰写的案件纪实呢？"这个问题确实让我有些为难，因为近年来，国内出版的这类作品确实不多。

然而，这位老先生并未因此责怪我们书籍种类不全，反而十分慷慨地说："你有兴趣的话，我可以送你两本，我就是写这方面作品的。"

细问之下我才知道，原来这位先生不仅是作家，还是一名警察！有意思的是，他的名字和110米栏奥运冠军一样，都叫刘翔。

刘翔老师是公安作家，长期从事公安刊物采编和公安宣传工作，写过不少"大案纪实"系列的报告文学作品，同时还是上海市公安局《东方剑》文学杂志的编辑兼作者。和我们这些撰写虚构谋杀案的作家不同，刘翔老师所接触的案件，都是真实的。

可能是《黑猫警长》看多了，小时候我最大的梦想就是当警察。那时我草率地认为，当上警察，将来看谁不顺眼，就可以逮捕他。长大后梦碎，发现自己只有被逮捕的份儿。

当知道刘翔老师是警察时，我就变得非常紧张，仿佛做了坏事。我读书时就是这样，见到老师就会非常紧张，身体僵硬，眼神呆滞。每当老师看到我这样，都会走过来问我："你是不是做了什么坏事？"我说："没啊。"老师冷笑道："没做坏事，你这么紧张干吗？"现在想来，这简直是强盗逻辑，但当时我竟然还觉得颇有道理。

幸好刘翔老师并没有因为我的紧张逮捕我，反而和我热络地攀谈起来。我们的聊天话题自然而然地围绕着那些真实发生的凶杀案展开，许多案件他都是亲身经历者，掌握着大量第一手资料。我听得如痴如醉，于是便起了一个念头，向他提议道："您愿不愿意来谜芸馆办一次讲座，让推理迷了解一下真实案件与推理小说的区别？"

对于我冒昧的请求，刘翔老师很爽快地答应了。他又补充道："我一个人说没劲，我再带一位朋友来如何？他可是真正办过案件的警察！"他口中那位朋友名叫雷毅，从警三十年，是一位老刑警。和刘翔老师一样，也雅好属文，撰写的中篇小说《殉葬》还曾荣获"恒光杯"公安文学大奖赛中短篇小说优秀奖。

过了几日，刘翔老师携同雷毅老师莅临谜芸馆，与我共商讲座的诸多细节。刘翔老师神态庄严，言谈间透露出一种不容置疑的严谨；而雷毅老师则显得颇为轻松活泼，幽默风趣。两位老师说话风格迥异，却奇妙地形成了互补，使得整个商讨过程既严肃又不失活泼，氛围显得格外和谐融洽。我们将讲座题目定为《镜子里的神探——公安作家刘翔、雷毅漫谈推理小说中的虚构与现实》，因为镜像的两面，就是真实与虚构。

两个月后，这场别开生面的讲座顺利在谜芸馆举办。和我预想的一样，现场挤满了从各地跑来的听众，甚至连准备的座位都差点不够。根据以往的经验，讲座到了提问环节，大多数听众往往会变得相对矜持，举手向嘉宾发问者寥寥无几。然而，这次活动却出乎我的意料，参与活动的读者们踊跃向两位嘉宾提出问题。

"刑侦大队里有没有像福尔摩斯那样的神探？"

"没有。"

"真实的谋杀案和推理小说里的最大的不同是什么？"

"小说是假的。"

"刑警在破案的过程中危险吗？"

"看情况。"

"你猜得出我心里想什么吗？"

"……"

面对这些问题，两位老师也耐心地一一解答。

记得当天讲座之后，还有读者跑来夸奖我，说竟然连警察都能请到，实在太厉害了！我笑着回答说："我请他们来，总比他们请我去好！"

在连续举办多场高质量的讲座后，我的要求也开始变高，相比普通的签售会，我更想组织一些有意义的活动。正巧，那天正与朋友讨论中国推理小说发展的问题，大家纷纷感叹十年前杂志时期的盛况。那时市面上的悬疑推理类杂志非常多，如《岁月·推理》《推理世界》《最推理》《漫客·悬疑》《奇幻·悬疑世界》《怖客》《异度空间》《推理志》等，不少作者都出道于杂志，也出了不少"明星"写手，可谓中国短篇推理小说的"黄金时代"，但这些年来纸媒衰败，这类杂志大多都已停刊倒闭。

犹记当年读书时，每到放学，我都会冲向书报亭，购买最新的推理杂志。以至于书报亭的老板都已经认识我了。每次见到我，不用说话，他给我杂志，我给他钞票，交易时间只有五秒钟。在那个时代，并没有太多引进的推理小说，这些原创短篇小说就是我们这些推理迷的精神食粮。随后我也有幸在杂志上刊登作品，勉强算是推理杂志时代的参与者。

因而我便生出个想法，不如将那些曾在杂志上发表过作品的写手，重新聚集起来，办一场纪念讲座！

但要找到那些作者，谈何容易？想要把他们都请到谜芸馆来做活动，更是难上加难。

幸而在圈内编辑朋友的帮助下，陆续联系到了E伯爵、暗布烧、别问、陈渐、扶鸟、何慕、孙沁文（鸡丁）、吉羽、己莫为、江离、梁清散、陆秋槎、猫特、拟南芥、青稞、苏伐、苏籁、王稼骏、午晔、许言、永晴、远宁、张小猫、周浩晖等二十余位曾在推理杂志上撰稿的作者，以及牧神文化的华斯比老师、行舟文化的张舟老师、紫焰文化的梁余丰老师。

既然请他们来谜芸馆有困难，那么请他们录制一个视频，在讲座现场播放，行不行？

经过反复沟通，各位老师也都表示乐意。视频录制完毕，做了简单的后期，这次的活动算是完成了一半。但毕竟是线下活动，不可能让参与的读者光看视频啊，所以还是需要有现场嘉宾，于是我又联系了马天、孙沁文和王稼骏三位推理杂志的"常客"，请他们躬临讲座现场，和大家交流。

活动现场的情况，我就不一一赘述了。

每当一位作者亮相，都引得在场读者阵阵惊呼，纷纷交头接耳道："这人是谁？"幸好下面有字幕，不然光看脸还真没法和杂志上的笔名对上号。当然也有几位老师很是害羞，并没有露脸，只录了音频。

这些曾在求学时光里默默陪伴大家的作者，通过视频的方式出现在眼前，向曾经给予他们支持与鼓励的读者们致以诚挚的谢意……现场有一位读者说得特别好——今日我们齐聚一堂，我们纪念的不仅仅是推理杂志的黄金时代，更是那个对推理小说满怀纯粹热爱、满腔热血的少年时的自己。

拉拉杂杂说了那么多，其实每一场活动，从策划到邀请，从布置到举办，都颇为不易，非常辛苦。尤其是在前期选择讲座内容时，也常常费尽心思。在报名前期，我也常常忧心会不会没人愿意来听？参与人数不够的话，嘉宾老师会不会觉得尴尬？讲座内容会让谜芸馆的读者喜欢吗？讲座的时长会不会太久……尽管我常常心怀忧虑，但结果却往往令人欣慰。每当活动圆满落幕，望着离场读者脸上洋溢着的满意笑容，所有的辛劳与愁绪都被抛到了九霄云外，只剩下满满的成就感。

若干年后，作为实体书店的谜芸馆书店一定会消失，但在此举办的活动，定会镌刻在每一位参与者的心里。

这是我所能想到的，让谜芸馆存在下去，最好的办法。

百年程小青

05

说起程小青先生的大名，许多年轻的推理迷，可能比较陌生。他是民国时期的推理大家，笔下的"霍桑探案"系列曾风靡整个中国，同时他也被称为"东方的柯南·道尔"和"中国侦探小说之父"。然而，尽管在过去他的名声广为人知，但如今真正细读过他作品的人却屈指可数。这固然与故事所处的时代背景有一定关联，但我认为，更主要的原因在于他的作品已很久未在市面上流通，想要一睹"霍桑探案"的风采，还得费心在旧书网站上搜寻。这在无形之间，增加了阅读成本。

　　新世纪之后，程小青先生的作品几乎没有再版，而随着日本推理小说被大量引进，大家便逐渐淡忘了这位中国推理文学巨匠。

　　我最早接触程小青先生，是在一个名为"推理之门"的网站上。这个推理论坛，宛如推理迷们的精神家园，汇聚了众多热爱推理的网友。他们在这里热情地分享着各式各样的推理小说，发表着独到精彩的推理评论。其中，我特别钟爱那些探寻推理历史脉络的文章。有一篇专门介绍解放前侦探小说的文章，正是在那篇文章里，我第一次邂逅了程小青这个名字，以及他那蜚声文坛的"霍桑探案"系列。我惊讶地发现，原来中国在那么早的时期，就已经有人涉足侦探小说的创作领域，甚至还早于"日本侦探小说之父"江户川乱步，而且取得了如此辉煌的成就。这让我对程小青充满了好奇与敬仰，于是我迫不及待地在网上开始搜索他的作品，遗憾的是，找到的资源并不完全。

在新世纪之初，人们的购书方式还相对传统，主要依赖于实体书店。我清晰地记得，第一次与程小青的作品相遇，是在一家位于杨浦区靖宇中路小世界商城里的书店。"霍桑探案"不是在书架上，而是铺陈在一张大书桌上。那是 1997 年群众出版社出版的《霍桑探案集》，全套一共 6 册，分别是《舞后的归宿》《活尸》《轮下血》《白衣怪》《血匕首》以及《狐裘女》，每册的定价都是 20 多块钱，对于当时还是初中生的我来说，这是一笔不小的开销。

因为零用钱有限，无法一次性将这套书全部收入囊中。于是，我制订了一个计划，打算每半个月省下钱来买一本。然而，命运似乎并不眷顾我这份小小的梦想。当读完第二册，再次踏入那家书店时，我却发现剩余的几本《霍桑探案集》已经被人一扫而空。当时无比沮丧的心情，我至今仍有印象。

　　往后的日子里，我阅读了许多程小青先生创作的侦探小说，越读越觉得佩服，被他小说里曲折惊险的情节、意想不到的结局深深震撼。要知道，侦探小说是不停发展的，新的诡计被后人不断创造出来，到了新世纪甚至出现了叙述性诡计这种完全打破常规的欺骗技巧，所以我们在阅读一本侦探小说时，切切不可忽略时代的因素。然而必须承认的是，程小青所创作出的侦探小说，在他那个时代几乎是超前的，他本人也比与他同时代的侦探小说创作者高出一个层次。这也是"霍桑探案"系列能风靡全国的原因。

　　可是，与其作品优秀程度相悖的是，新时代的推理迷们竟有许多人连程小青是谁都不知道，遑论阅读他的作品了。我当时在网上也接触了不少推理读者，不少人可以将"日本侦探小说之父"江户川乱步先生的作品名倒背如流，却说不出一本程小青先生的书名，这让我感到非常遗憾，甚至还有点愤愤不平。

于是在 2015 年 10 月 25 日，我应华东师范大学的邀请举办了一场讲座，就把主题定为"中国推理100 年"。讲座上，我对大家说："在座不少同学可以将日本推理小说的先驱江户川乱步、甲贺三郎、木木高太郎等推理作家的名字倒背如流，却不知我们国家也有程小青、孙了红、赵苕狂等优秀的侦探小说家，实在是不应该。"来过谜芸馆的顾客可能也有印象，在店里有一面照片墙，上面悬挂着对推理小说做出过巨大贡献的小说家们。爱伦·坡、柯南·道尔、克里斯蒂等大家自然不会缺席，中国推理作家的代表程小青，也在其列。

原本我以为我与程小青先生的缘分，也仅此而已，然而，命运总是充满惊喜，一个意外的契机悄然降临，让我的人生轨迹再次与这位推理文学巨匠产生了奇妙的交集。

2023 年 8 月 4 日傍晚，我正在网上搜索推理作者的生日，忽然发现程小青先生出生于 1893 年，于是忙向华斯比老师求证。华斯比老师是晚清民国侦探小说研究领域的又一位专家，得到他的肯定答复后，我又向他提出了一个想法："要不要搞一场纪念活动？"

华斯比听了也觉得不错，便问我想怎么搞，是找学者来讲，还是找和程小青有过交往的人来讲？其实我当时只是突然冒出这个想法，具体怎么操作，我心里也没谱。华斯比向我建议道，如果能找到见过程小青本人的嘉宾来分享，那一定非常有趣！随后，他向我提出了两个人选：一位是陶为衍先生，著名画家陶冷月之子，由于陶冷月与程小青是挚友，程小青也认了陶为衍为寄子，并按照程小青子女育德、育真、育刚的排行，给陶为衍取寄名"育亨"，他是为数不多和程小青先生有过交流的人；另一位是程彦女士，她是程小青先生的曾孙女，尽管她出生时，程小青先生已然作古，但他们是血亲，一定有许多不为人知的故事，同时程小青先生的故居"茧庐"目前还是由她来打理，能拿出来展示的"真迹"恐怕也不少。

这两位若是能来参与活动，那是再好不过，只是担忧对方会不会拒绝。华斯比表示包在他的身上。过了几天，我们等来了陶为衍先生的回复，他表示自己已经年近八旬，很少出门，但如果程彦女士来的话，他还是愿意来参与的。于是压力来到了程彦女士这边，没想到的是，收到我们的邀请后，程彦女士便立刻给我打来电话，商讨活动的具体事宜，可以看出她对这次活动还是很有兴趣的，而且觉得非常有意义，特别是在他曾祖父诞辰130周年之际。

终于，在2023年10月22日晚7点，名为《程小青先生诞辰130周年特别活动》的讲座在谜芸馆顺利举行！陶为衍先生和程彦女士作为嘉宾，华斯比作为主持人，给大家带来了一场精彩纷呈的分享会。

那天谜芸馆挤满了来自各地的读者，大家对这位"中国侦探小说之父"充满了好奇，讲座进行中，两位嘉宾也慢慢进入状态，和大家畅聊起来。

陶为衍先生先是为大家分享了他父亲陶冷月与程小青之间的交往，当时两人同隶文学社团"星社"，发展至1937年，已有社友108位。由于都是"星社"初创时期便加入的社友，陶冷月与程小青之间的友谊也如同那初创的社团一样，经历了时间的考验，愈发显得坚固而深厚。陶为衍先生说，他最后一次见到程小青先生，是在 1976 年，当时他刚结婚不久，趁着婚假从上海赶往苏州"茧庐"探望患病的寄爹程小青。然而刚进门，就听说程小青病危住院，于是忙赶往医院。到得医院后，他便在病榻边呼唤寄爹的名字。程小青闻声，微微睁开眼，用含混不清的语调问道："育亨，你总算来了。"这也是程小青对陶为衍说的最后一句话。没想到这次会面，是他们的诀别，第二天程小青先生便不幸仙逝。说到这里，陶为衍先生眼神中还会流露出些许落寞和悲伤。

与陶先生的沉重不同，程彦女士讲述的内容则显得更加欢快。她虽不曾见过程小青先生本人，但却在程小青先生一手创建的"茧庐"中长大，在幼时便听家里长辈谈起过这位非凡的曾祖父。小时候阅读曾祖父作品时，也常常被故事里精彩的情节吸引，读到恐怖的情节时，还会瑟瑟发抖。听了她的讲述，台下读者哈哈大笑，我想，如果程小青先生泉下有知，恐怕也会为自己那支生花妙笔而感到得意吧！除了分享故事外，程彦女士还特意做了一个 PPT，其中有不少不曾在网上见过的程小青及其家人的珍贵照片，以及不少先生的画作和手稿，让在场的读者大饱眼福！临近结束时，程彦女士还将曾祖父画作的复印件，一一赠予前来参与活动的读者，以感谢大家对曾祖父程小青先生的支持。

我从复旦大学的战玉冰老师那里得知，有媒体在关注到谜芸馆的这次活动后，开始陆续发表关于程小青先生的纪念文章。听闻此讯，我内心深感欣慰。我们举办活动的初衷，正是希望让更多的读者铭记这位中国推理小说史上的先驱者，让他的作品得以传承。

活动结束后，大约又过了几个月，程彦女士突然联系我，告诉我一个好消息——海南出版社准备重新出版《霍桑探案》，同时，应她的要求，出版社还会出版一本关于程小青先生的纪念文集。我听了这个消息，非常振奋。这些年民国侦探小说陆续重版，从孙了红到陆澹安，从赵苕狂到刘半农，却唯独缺了程小青。随后，程彦女士又问我愿不愿意为程小青先生的纪念文集撰写一篇稿子，我毫不犹豫，立刻答应下来。

当天回到家后，我就打开电脑，用键盘敲出了

《大侦探的遗产——聊聊程小青对国内推理创作的影响》一文。最后，这篇文章被收录在程彦女士主编的《茧庐花蹊：程小青传略》一书中。同时，《霍桑探案》的文稿也经过精心的整理与校对，与这本"传略"一同在 2024 年底面世，这两本书让程小青先生的智慧与风采得以跨越时空，继续照耀着中国推理文学的天空。

2025 年 1 月 15 日，我和华斯比、战玉冰两位老师一起，受邀前往位于苏州望星桥北堍 23 号的程小青故居"茧庐"，参加《霍桑探案》新书首发式暨研讨会。这次研讨会由程彦女士与海南出版社共同举办。

这是我第一次踏入"茧庐"的门槛。原本的故居已显露出岁月的破败痕迹，但经由程彦这几年的悉心修缮，如今已焕然一新。故居门口的地砖上，清晰地刻着"茧庐 始建于 1923 年"字样，历史的厚重与沧桑瞬间扑面而来。故居其中一间屋子被专门用来陈列程小青先生的著作，墙上还恭敬地挂着先生的肖像，彰显着他对推理文学事业的卓越贡献。后院是一片静谧的花园，我不禁遐想，数十年前的某个悠闲下午，先生是否曾在这片花园中小憩的同时，还在脑海中构思着大侦探霍桑的下一个惊险刺激的冒险故事呢？

此次研讨会现场，迎来了众多民国文坛巨匠的后裔，阵容蔚为壮观。画家陶冷月之子陶为衍、作家周瘦鹃之女周全、报人严独鹤之孙严建平，以及掌故家郑逸梅之孙女郑有慧等，均怀揣着对先辈的深情厚谊与传承之志，纷纷莅临现场。其中，书法家蒋吟秋的后人陈艺深情回忆道："程小青先生写作时，总会在小楼上撑起一把黑伞，宛如一场舞台表演。"苏州大学教授王尧还感叹，自己在小小的客厅里，看到了中国现代文化的谱系。除此之外，陈子善、陆灏等文化名人也到场庆贺。

研讨会进行至半途，程彦女士翩然起身，先是以诚挚的话语感谢了各位嘉宾的莅临与支持。随后，她话锋一转，带着一丝神秘对大家说道："接下来，我们有请程小青先生发言！"起初，我还以为这只是她的一句玩笑话，谁知就在这时，电视屏幕骤然亮起，程小青先生的面容竟然栩栩如生地出现在我们眼前。他面带微笑，亲切地开口道："大家好，我是程小青……"这一幕，让在场所有人都忍俊不禁，随即爆发出热烈的掌声。原来，这是程彦女士巧妙运用AI技术精心制作的一段视频。望着屏幕中那动态、生动的程小青先生，我仿佛穿越了时空的界限，正与程小青先生进行着一场跨越时间的面对面交流。

那一刻，我猛然醒悟，虽然时间如白驹过隙，无情地流逝，虽然作家的肉身终将随风而逝，但他们所书写的字句，却如同永恒的烙印，深深地镌刻在了世间。程小青先生精心编织的故事，如同璀璨的星辰，永恒地闪耀在推理文学的天空，滋养着我们这群读者。程小青先生没有离开，大侦探霍桑留给我们的遗产，一直都在。

书店怪客

06

开书店的乐趣之一，便在于能邂逅形形色色的顾客。虽然多数顾客只是选书购书，未曾留下太深的记忆，但其中有不少令我印象深刻，甚至还会在微博上记下一些趣事。我曾在微博上开过一个话题，叫"谜芸馆书店日记"，里面记录的大都是一些顾客带给我的种种感悟与趣事。当然其中有不少令人捧腹的乌龙事件，也有触动人心的感人事迹，点点滴滴，都为平淡的书店经营增添了些许色彩。

至于"谜芸馆书店日记"这个名字，是受一本名为《书店日记》（*The Diary of a Bookseller*）的畅销书的启发。这本书的作家名叫肖恩·白塞尔（Shaun Bythell），是个英国人，在苏格兰小镇威格敦经营着一家二手书店。他非常毒舌，常常在社交媒体上臧否顾客。"别说蠢话，否则他会发到脸书上"这变成了顾客之间的一种默契。没想到，这种刻薄到近乎"冒犯"的评价方式，竟意外地为他赢得了众多粉丝的喜爱，也让他的书店名声大噪。

当然网上有人表示抗议，来者皆是客，怎么可以冒犯"衣食父母"呢？也有顾客想亲自前往书店，尝试一下被他吐槽是什么感觉。但不管大家如何，白塞尔先生仍旧我行我素，甚至还将其出版成书。我是没他这个胆量，可有时候还真忍不住，不过与其说是吐槽顾客，不如说是将我所见闻的趣事，用另一种方式分享给大家。

接下来，我会学习白塞尔先生《书店里的七种人》(*Seven Kinds of People You Find in Bookshops*) 里的分类方式，将这些有趣的顾客分成以下几种类型：

投稿者

这也许是我的错。因为除了书店老板这个身份之外，我还有另一个身份——推理作家。因此，谜芸馆里常有不少人前来，他们的目的并非购书，而是特意向我投稿。尽管我非常耐心地解释作家本人和出版社的区别，但他们还是希望我可以看一看他们的作品，给出建议，并推荐出版。通常情况下，事情的发展就如我下面描绘的那样发生。

这类顾客进入书店后会直接走到我的长桌旁，问我："你是时晨老师吗？"正常情况下我会说是。然后他会说自己是推理爱好者，问我能不能给他的作品一点建议，如果合适的话，能不能帮忙介绍一些出版社。面对这种情况，我会告诉他，出版社一般都有投稿邮箱，只要把电子版的稿件发过去就行了。至于我的意见，毕竟我不是职业编辑，很多意见都没什么参考价值。这当然是说辞，真实原因有两个。

首先我也是位创作者，如果看到未出版的作品中，其故事桥段或诡计手法与我构思的一致，那可怎么办？哪怕有一点相似之处，就难逃抄袭的嫌疑，这是我最忌讳的地方。其次，如果一两篇还好，但这种情况非常多，如果全盘接受的话，稿件会多到根本看不过来，而且长篇动辄十几万字，是个相当大的工作量，我不是编辑，看稿可不是书店老板的工作。

其实这种情况不仅在书店里会遇到，也常常会有人通过微博私信给我发推理小说。或许他们对自己的作品缺乏足够的信心，渴望能找到一位拥有出版经验的作者来交流探讨。但在我看来，这实在大可不必。有时候，盲目地听取他人的意见并据此修改作品，反而可能适得其反。写作需要的是坚定的信心和自我信任，同时也要相信出版社编辑的专业眼光，所以我建议直接投稿，会省去很多不必要的麻烦。

回想起我初次投稿的经历，也是在百度上搜寻了出版社的邮箱地址，然后直接将稿件通过电子邮件发送了过去。这种方式既直接又高效，是许多创作者首选的投稿途径。在网上发送小说稿件，也极容易被别有用心的人窃去创意，这无疑是创作者们最不愿见到的。当然，如果是彼此信赖的朋友，就另当别论了。这种情况，我自然也会欣然阅读。

二手书商

在谜芸馆经营后期，生意变得很差，一整天几乎一本书都卖不出去，有时候，来谜芸馆卖书的甚至比来买书的人更多。大部分顾客将二手推理小说卖给我的时候不太会讲价，因为我收旧书的原则就是参考一些旧书网的价格，但也有极少数顾客会坚持自己那本上世纪出版的日本侦探小说可以卖到上百元（哪怕上面还有地方图书馆的索书号标签）。遇到这种情况，我只能向他表示财力有限，收购不起，可以移步到前面的复旦旧书店碰碰运气。

在这些向我兜售旧书的顾客中，有一位令我印象特别深刻。

那是个白人男性。这个男人身材高大魁梧，一张长脸上布满了细密的胡楂儿，梳着一丝不苟的大背头，棕色头发微卷，鼻梁上架着一副小巧而复古的圆框眼镜。他脸上总是挂着一副严肃得近乎冷酷的表情，披着一件厚重的黑色大衣，脖子上围着藏青色的围巾，眉头紧锁，嘴角下垂，有点像电影里的意大利黑手党，让人不禁心生寒意。

起初他经常会在谜芸馆门口徘徊，但并不进来，而是透过落地玻璃打量着书店里的一切，形迹极为可疑。过了几天，他开始步入书店，但不上二楼，只在一楼来回走动。一般情况，他会逛个几分钟就离开。每当他走进书店，店内的气氛都会莫名地紧张起来，顾客们都会不自觉地投去窥探又戒备的目光。

对于这个形似黑帮成员的外国人，我十分好奇，却又不敢多问。

上个礼拜，这个男人又如期出现在了书店门口，而且这次他直接迈开大步，走上了二楼。我感觉他随时会从衣袋里取出一把手枪，打爆我的脑袋。结果，他却用略显生硬的中文问道："你好，书要不要？"我好奇地问道："书？什么书？"他回答说："就是英文版的侦探小说！我家里有很多，你这边收不收？"听到他要卖书给我，我便放下心来，对他道："是哪些侦探小说呢？"男人终于笑了："有很多，下次我带来给你看。"我表示太贵的话可收不起，他说很便宜，十五二十块一本，看着给。我就答应了。

第二天他就把书带来了，其中大部分是硬汉派侦探小说和间谍小说，其中最多的是约翰·勒·卡雷（John le Carre）和雷蒙德·钱德勒的作品。品相很不错，我都要了。聊天中，他告诉我他是个爱尔兰人，妻子是中国人，他在上海工作已经有一段时间了，平时很爱读悬疑小说，尤其是硬汉派。这些书大部分是在美国买的，慢慢带到国内。最近由于工作变动，可能要离开中国，所以想替这些书找个去处，正巧一次路过，看见了这家专卖侦探推理小说的书店，他观察了很多次，确定后才进来问我收不收旧书。我们聊得非常愉快，临走时，他还不忘祝谜芸馆生意兴隆！

讽刺的是，那天我们一单生意都没有，反而花钱买了他的书，真是倒反天罡。

退休老人

其实我很爱和比我年长的人聊天，毕竟阅历摆在那儿，过的桥比我走过的路都多，和他们聊天，会学到很多东西。但也分情况，比如很认真地在探讨某件事，或者针对某个问题请教对方。而我在书店遇到的大部分长者，给我的感觉是他们有非常强烈的表达欲，他们仅仅是希望有人听他们说话，而不是互相交流。

之前书店来过一位退休的老先生，戴着眼镜，斯斯文文，很礼貌地问道："您是老板吗？"

我说："是的，请问有什么可以帮到您？"

他环顾四周，露出微笑："不错啊，专门卖侦探小说的书店，很有想法。我年轻时，也爱看侦探小说，那个福尔摩斯，还有《东方快车谋杀案》，对吧！"

我赞同道："都是非常优秀的作品！"

按照正常流程，他会让我找寻他记忆中的某本书，又或者让我推荐一下这些年有哪些精彩的侦探小说。不过事情总会往我意想不到的地方发展。因为接下来的两个小时里，上面那两句话竟成了我们之间唯一关于推理小说的交流。

随后这位老先生开始从他丰厚的退休金谈起，讲述了他辉煌的前半生，包括其在工作中获得的各种荣誉。谈及子女，他也露出了非常骄傲的神色，儿子毕业于某所名牌大学，并任职于知名企业，媳妇的家境很好，孙子也非常可爱……其间我强忍住打哈欠的冲动，努力保持清醒，以便在关键时刻展现出惊讶的表情，并配以由衷的赞扬。除了赞扬之外，他根本不会给你发言的机会。

而且每当我以为他的话题即将结束时，他会立刻重启一个新话题，这让我非常绝望。我可以肯定他对书店或我本人毫无兴趣，甚至我叫什么名字他都不知道，却把他辉煌的家族史向我口述了一遍。好几次他准备离开，却因想起了某件事，又回过头来，和我细细讲述。我只能笑脸相迎，强迫自己继续听讲。

老先生离开时脚下生风，对自己拥有的美好生活的信心更加坚定了，而我却精疲力竭地倒在了椅子上。经过两个小时的培训，我甚至可以精确地说出他是哪年退休，家里养的狗是什么品种，而他可能连我们这家书店叫什么名字都忘记了。

这种情况发生不止一次，谈话的内容大同小异，除了长相不同，还有退休金的金额、工种、孩子的性别等，主要以中老年男性为主。在频繁遭受他们硬控后，我琢磨出了一套反击策略。比如，我会让朋友适时给我打个电话，然后我们聊上许久。这样一来，那些老先生等得耐心全无，最终只能悻悻然离去。这招屡试不爽。

小孩

在开书店之前，我从未预料到，竟然会有家长将书店视作临时的托儿所。

　　有一位男性顾客带着他的儿子来到书店，然后自己却消失了，孩子则在杂志架上取了一册儿童侦探小说坐在楼下阅读。这孩子异常乖巧，丝毫不捣乱，只是静静地享受着书中的世界。通常一个小时后他的父亲就会出现，把他带回家。然而随着他们光顾书店的次数增加，父亲离开的时间逐渐变长。有一次，书店即将打烊，可他父亲却迟迟未现身。由于我和朋友约了晚饭，所以特别着急，便去问那个男孩，有没有父亲的联系方式。孩子虽然不清楚父亲去了哪里，却能流利地背出父亲的手机号码。我随即拨通了那个号码。

　　我连续拨打了好几次电话，却始终无人接听。面对一个不到十岁的孩子，我实在无法狠心将他撵出店门，然后锁上大门离去。然而，这种情况却让我感到非常不悦。直到半个小时后，男孩的父亲才匆匆赶来。这时天都黑了。我很严肃地批评了这位父亲，告诉他把孩子丢在营业场所的行为很不安全，可能你有急事，但书店是没有义务帮你看管孩子的，这个责任太大，孩子万一有什么意外，我可负担不起。

最后，那位父亲向我道了歉。不知为何，我对这个爱阅读的孩子有点心疼。

当然，也不是所有孩子都爱阅读。既然有家长把书店当托儿所，也有家长把书店当成游乐园。你会发现，这些家长通常会结伴而行，并站在书店门口聊天，而他们的孩子则冲进书店，在楼梯上奔跑跳跃，不时还会把店里的陈设拿在手里把玩，不出意外这些东西一定会掉在地上。孩子们不仅在店里狂欢，还会跑到店门口玩。曾经有一段时间，谜芸馆门口的外摆是一个被黄色警戒线围绕的"案发现场"，其实就是个沉浸式的谜题，里面有"尸体线"，以及几件证物。那些孩子见了这个，就开始拉扯警戒线，原本一米长的警戒线让他们扯成了三米；而他们的监护人则聚在一旁聊天，仿佛失明失聪了一样。

那次我实在没忍住，跑出去对他们说："小朋友，这个不可以动。"我的话仿佛一剂猛药，顿时治好了监护人的眼睛和耳朵，他们给了我一个白眼，然后招呼孩子过去。直到他们离开，都没有对那条原本只有一米长的警戒线道歉。

指挥家

这里的"指挥家"并非那站在舞台上,挥舞着指挥棒引领交响乐章的大师，而是那些刚迈进书店大门，对书店经营一无所知，却煞有介事地指点你如何打理书店的"专家"。这类人通常非常自负，当你对他的建议提出异议时，他会变得愤怒，好像实体书店的衰弱，就是因为没有采纳他的建议。

他们的开场白一般是:"你应该做咖啡。"

但凡他们有好好逛过书店门口这条路，就会知道，三百米内，已经有四家咖啡店了。而且像谜芸馆这种规模的小店，店内已被书架塞满，没有空间放下咖啡店所需要的桌椅。可哪怕你向他们解释了这些情况，他们还是会微笑着摇头，对我说:"你应该做咖啡。"

他们第二句建议一般是:"你应该办讲座。"

然后我会告诉他，谜芸馆至今已经办了三十场讲座，如果您有兴趣，可以用手机扫店门口的二维码，如果将来对某场活动有兴趣，欢迎报名参加。随后，他会自动屏蔽我的回答，仿佛我刚才说的是一句法语，接着对我说："你应该办讲座。"

除此之外，还有类似"你应该卖周边"这样的建议，哪怕他回个头，就能在货架上看见我们卖的徽章和帆布袋。

其实他们并非真心实意地想要提出什么建设性意见，也没有兴趣深入了解实际情况，只是固执地陈述自己的观点，并且不允许你反驳。他们最爱的回答是："哇！这个主意太妙了！我怎么就没想到！"经营实体书店多年的老板，竟然被一个刚知道独立书店是什么的外行人点醒，这是他们最喜爱的剧情。

以上还算比较靠谱的建议，更有一些人直接让我将书店爆改成剧本杀店、密室逃脱等娱乐场所。但如果变成那样，谜芸馆就不是书店了，也失去了我开店的初衷——让更多人阅读推理小说、爱上推理小说。也有人建议我在店里设置各种小谜题和线索，让来访的顾客参与推理，猜中后给予奖品之类的互动活动。这确实是一种相当有吸引力的营销方式。不过，问题在于，这种沉浸式的游戏体验需要不断地更新和变化，以保持其新鲜感和趣味性。别看这只是些小游戏，但要想构思出既有趣又富有挑战性的内容，可并非易事。对我来说，偶尔策划一次这样的活动或许还行，但要长期持续下去，无论是在精力上还是创造力上，都可能会让我感到力不从心。

那有没有让我接受的建议？当然有啦！比如有顾客告诉我，谜芸馆应该在抖音、B 站、小红书这些流量平台上多多宣传，我觉得有道理，就注册并开通了账号。不过目前粉丝量还很少，将来可能还需要多上传一些有趣的内容，才能吸引到大家。

最后要声明一下，本章的标题为"书店怪客"，并无贬义，仅指"不符合常规"的顾客。名字借用了我很喜欢的一部美国推理小说《火车怪客》，原作者为帕特里夏·海史密斯（Patricia Highsmith），后被大名鼎鼎的导演阿尔弗雷德·希区柯克（Alfred Hitchcock）拍成了电影。

书店熟客

07

谜芸馆开业后，有不少老友前来探望我，并送来了问候。

　　其中第一个来店里找我的人网名叫"香香鸡"。其实早在孤岛书店时期，他就是店里的常客。"常客"并不是说他经常来店里买书，只是经常来店里而已。如果要我用一个词来形容这个男人给我的第一印象，应该是"可疑"。

　　第一次见到香香鸡，是在一个炎热的夏天。香香鸡戴着一副眼镜，二十几岁的他看上去都快要退休了。他背着一个书包，满头大汗地走进书店，然后就站在了日系推理小说的书架前。他就站在那里，足足有四十分钟，纹丝不动。我的合伙人高老师问我："那人怎么回事？不会死了吧？"我说："应该不会，你看，他还在流汗。"香香鸡的特点就是，不论是炎热的夏天，还是寒冷的冬天，他可以一直满头大汗。这也是我觉得他可疑的原因，他仿佛是一位超级特工，每天都在执行一项危及地球的任务，说话时左顾右盼，满头大汗。

后来，当我问起他为什么那天可以在书店罚站四十分钟时，他快速地回答我道："因为那里是空调唯一吹得到的地方。"是的，他的语速很快，仿佛有一位歹徒，每时每刻都用枪顶着他的脑袋，叫他快说，否则就一枪崩了他。要听懂香香鸡说话不容易，除了点外卖之外，他大多数时候声音都含混不清，但经过长期与他的对话训练，一般可以听懂百分之五十。

结婚之后，香香鸡就很少来店里了。尽管另一位孤岛书店的常客东哥认为，香香鸡结婚是一场骗局，因为不会有女孩子愿意和如此可疑的男人结婚。但我确确实实收到了他的喜糖，东哥也收到了。但东哥还是坚持认为，喜糖也是骗局，因为不会有女孩子愿意和如此可疑的男人结婚。东哥问我："你愿意和他结婚吗？"我说："当然不愿意！"东哥说："对嘛，你都不愿意，怎么会有女孩子愿意？"我一时竟无法反驳。

香香鸡在书店时很喜欢和我打足球游戏，通常情况下，我都能赢他三个球以上。每当香香鸡输球，帕帕总会站在他身后嘲讽道："哎哟，你不行嘛！"香香鸡生气地说："&<@#%$*！"大意是"你行你上"。

帕帕是个三十岁出头的年轻推理迷，喜欢背书包。他的名字取自伊坂幸太郎的小说《夜之国的库帕》。他在网上一直叫库帕，但帕帕听上去更愚蠢一点，所以我们都这么喊。帕帕的超能力是使用各种优惠券叠加让网上买书变得免费。他也常常背着书包亲自指导我，说你先用这个券，再领这个券，最后用那个券，看！现在这本书就等于不要钱。由于操作过于复杂，我总是像在听天书一样。

我喜欢喝黑咖啡，因为和书店营业额比起来，黑咖真的算不上苦。而帕帕则喜欢请我喝奶茶或者柠檬茶。有时候我发现一个人的性格从他爱喝的饮品中就能看出来。帕帕是个爱笑的男孩，总喜欢在一旁偷偷地讥笑书店的业绩，口头禅是"关门算了"。他认为实体书店一定是死路一条，因为网上用券太便宜了。可是他忽略了一点，不是每个人都能熟练地使用优惠券让书变得免费，比如我就不行。

我和帕帕关系变熟，主要是因为伞姐的关系。伞姐真名叫周晓颖，住在广州，是我的读者，也是给我鼓励最多的人。通常我的小说完稿后，都会把电子版发给她。伞姐也常会给出很中肯的建议。每次她来上海，我们都会约饭。而每次我约她吃饭，她都会带上帕帕。每次吃饭，帕帕都还是会跟我说，"关门算了"，很是讨厌。

不过也有看好书店发展的顾客，比如林医生。他时常鼓励我，让我加油，让我一定要坚持下去，反正租金也不用他付。

林医生是消化科的医生，英文名叫 Alex，不过这个名字我们从来不叫。我们对他有好几个称呼，当他面的时候，我们喊他"林院长"，代表一种美好的期许；当他不在的时候，我们喊他庸医。因为不论你请教他什么疾病，他都会问你几百个问题，"这里疼吗？那里疼吗？头晕不晕？肚子饿不饿？"，然后叫你去医院检查一下。这时，你会有一个想法，其实他可以直接说最后一句的。

所以有很长一段时间，我都怀疑他是在扮演一名医生，真实身份可能是出租车司机之类的，因为他的很多言论真的很像。相比咖啡，他好像更喜欢喝茶。

不过话说回来，他是真的很爱读书，对于推理小说，也有一套自己的见解。他最早知道我，据说是在网上购书时为了凑单顺便买了一本《镜狱岛事件》，结果在公交车上看得入迷，差点坐过站。随后又买了《黑曜馆事件》，通宵读完，并且觉得很棒。我不知道他这番话是不是在我面前现编的。如果是真的，那我对林医生的阅读品味表示认可，尽管我对他的医术水平持保留意见。

倘若您周末时常光顾谜芸馆，想必曾留意到二楼那位身材魁梧的汉子，他身着汉服，悠然品尝着精致的甜品，手中还捧着一册英文原版的阿加莎·克里斯蒂的经典侦探小说。这位壮汉名叫卷卷，是阿婆的忠实读者。

他是一位充满活力的 00 后青年，身材高大，可能有一米九，言谈间神采奕奕，思路很清晰。最初他来到书店和我交流时，表示自己日系推理读不下去，这让我对他的印象很深刻。不少阿婆迷似乎都对日系推理并不感兴趣。他让我推荐，那我自然推荐了中国推理作品给他，其中有一部分是我自己的作品。

随着我们的交流日渐加深，我惊讶地发现卷卷的兴趣爱好竟如此广泛，他不仅是京剧的忠实拥趸，还是汉服文化的热切追随者。这着实让我感到意外，因为在我的传统认知中，京剧似乎是爷爷辈的专属爱好。在我还念小学的时候，隔壁老爷爷就天天咿咿呀呀地唱京剧，让我头大，没想到在我快四十岁的时候，又出现一个00后，在谜芸馆继续哼唱着京剧，让我继续头大。他是那种不盲从别人、很有自己想法的青年。在现在的社会，有自己独立的思考和审美，我觉得这点十分难得。

还有一位来自苏州吴江的杨烨先生。杨先生戴着一副眼镜，笑眯眯的，人特别客气。每次来书店，他都大包小包带许多特产，仿佛我是他某个远房亲戚。我不止一次告诉他："您是顾客，来书店买书我已经很高兴了，没必要带礼物。"杨先生说："这些东西你在上海买不到。"而且杨先生带的量都很大，比如他曾经给我带来一百个烧饼，吃完这些饼，我可能需要花上好几年。杨先生尽管人很客气，但是评论起作品来，非常不客气，经常会当着某位作者的面批评他的作品，场面一度十分尴尬。批评完后，他还要请对方吃饭，属于"打一个耳光给一颗糖"的操作，对方也拿他没辙，只得苦笑。

杨先生对宫部美雪和劳伦斯·布洛克两位作家情有独钟，而对古典侦探小说的兴趣则相对平淡。而造访谜芸馆最多的作者粉丝，非阿婆迷莫属。2024年4月14日上午，有七位资深阿婆迷来到谜芸馆。其中有一些书迷并不住在上海，却因爱好聚集在一起，逛书店、聊推理、看话剧。真的很羡慕他们！

其中，王姿雯老师是我早已熟识的朋友，她之前还特意带来了阿婆书迷群的二维码牌，询问我是否能在店里展示。我欣然应允，因为能让阿婆迷们在我的书店里找到组织，也是我开推理书店的初衷。王老师得知谜芸馆的困境后，还自发在阿婆群里替我们书店带货，替书店卖掉许多书。网上有对书店不好的评论，她也会主动地去替我们解释和沟通。

那天同行的书迷中，还有曾带着阿婆立体书拜访书店的"落雨江南"老师。落雨江南老师心灵手巧，制作了许多关于阿婆的立体书。可让我没想到的是，她竟特意为我做了一本《侠盗的遗产》的立体书，小说中的各种细节都非常还原，比如慈恩疗养院的建筑群、江慎独被杀时的案发现场、院长李查德的办公楼等，还有非常非常多的小细节。有人将自己的小说以这种方式呈现在眼前，对于作者来说真是一种奇妙的体验！

还有一位是从伦敦远道而来的傅川宁老师。她在英国工作生活，偶尔会回国和阿婆迷们相聚。由于身在国外比较便利，傅老师常给我带一些在国内难以寻觅的英文原版书籍，除此之外，她还时常为我提供国外推理圈的最新资讯，比如哪里举办了推理小说展览、哪里有一家推理书店，这些内容我也都集中发在了微信公众号上。

包括谜芸馆海外的 Instagram（一个主要用于发布照片和视频的社交媒体平台）账号，也是傅老师在帮忙运营，当然，王老师也提供了不少帮助，据说还和很多外国推理作者互关了。

最后一位其实不能称他为"熟客"，因为在经营书店之前，我们就已经相识许多年了。在前文中提到过，他的笔名叫华斯比，在前文曾经出现过，也是我的出版编辑之一。

和别人不同，华斯比来书店从不买书，而是来送书的。每当他任职的出版公司有什么推理新书，他都会拿几本送到谜芸馆，自己动手将这些书放在各种显眼的地方，比如橱窗或新书推荐位。我认识他是十多年前。彼时，他还在担任《悬疑世界》杂志的编辑，曾向我邀过几次短篇悬疑小说的稿件。记得当时上海书城福州路店那里有一家叫"萨莉亚"的餐馆，价廉物美，那时我们刚毕业，阮囊羞涩，所以逛完书城后常在那儿吃饭，一起讨论小说。

华斯比在社交媒体上的简介，通常会写"独立书评人，类型文学研究者，文学策划，业余演员"。前几个都比较好理解，但为什么他会是业余演员？原来当时华斯比正在一家影视公司任职，偶尔会客串一些网络大电影中的小角色。由于他身材魁梧，笑起来像反派，所以就被安排去演村痞恶霸。也不知道是本色出演还是本色出演，出来的效果很不错。除了饰演反派之外，华斯比还参加过上海电视台的王牌综艺节目《极限挑战》第四季的录制。

很多人不知道，正是我向《极限挑战》节目组推荐了华斯比。当时《极限挑战》节目组最早联系的是我，并邀请我去上海电视台详谈。那天我见了节目的助理导演，刚坐下聊了两句，她就拿出手机对着我，说："请开始你的表演"。时间过去太久，我已经记不清她让我当场演了什么，可能是让我扮演一个绝望的小区保安或者中彩票的流浪汉，总之我直接宕机，同时也宣告我未开始的演艺事业的结束。助理导演很失望，问我身边有没有特别会演戏的朋友？于是我就想到了华斯比。原本以为他会和我一样完蛋，谁知他竟然顺利通过了试镜，还上了电视，这让我非常嫉妒，早知道就不推荐了。

不过在我看来，"混娱乐圈"始终是华斯比的副业，除了编书之外，让他真正花费心力的是晚清民国侦探小说的收藏和整理。这件事很有意义。现在大部分人提到推理小说，首推日系，接下来是欧美，鲜有了解国内推理的，更别说民国侦探小说，早已无人问津。华斯比自己花钱在旧书市场淘宝，把淘来的那些晚清民国侦探小说整理成册结集出版，不仅满足了一部分推理迷的需求，更为学术圈提供了研究资料。比如在战玉冰老师的专著《民国侦探小说史论（1912－1949）》的出版过程中，华斯比作为特约编辑就提供了不少帮助。日本清末小说研究领域的泰斗樽本照雄先生知道华斯比的事迹后，还特意将旧藏煮梦生《绘图滑稽侦探》一书赠予了他。

　　当然，经常光顾书店的客人远不止上述几位。他们喜欢围绕在书店二楼的书桌上，讨论各式各样的问题。我想，这正是谜芸馆存在的深远意义——它像一座桥梁，将一群原本素昧平生的人，因为共同的爱好和热情，紧紧地聚在一起。

暗黑技巧研讨会

08

我们都知道，中国大陆没有推理作家协会，只有一个北京侦探推理文艺协会。但这个协会却是地方性的，非北京籍贯的会员，加入的手续会有些麻烦，会员大部分是法律从业人员，较少有仍在一线从事创作的悬疑推理作家。而且因为某些原因，也很久没有组织过与悬疑推理小说相关的活动了。这一现状使得国内从事悬疑推理创作的作者们缺乏统一的组织和交流平台，相互之间的联系与交流也显得较为匮乏。

推理作家协会对这种类型小说的发展，是很有必要的。美国有美国推理作家协会（MWA）、英国有英国推理作家协会（CWA）、日本有日本推理作家协会，就连韩国都有韩国推理作家协会。协会最重要的功能之一，就是颁布各种奖项。比如 MWA 设立的"爱伦·坡奖"（Edgar Allan Poe Awards）、CWA设立的"金匕首奖"（Gold Dagger Award）和"国际匕首奖"（CWA International Dagger）、日本推协设立的"日本推理作家协会奖"和"江户川乱步奖"。这些都是国际知名的推理小说奖项。

而协会的另一个功能，就是提供推理作家之间交流的平台。作家之间的交流非常重要，互相阅读对方的作品，并给出意见，这在国内目前是比较困难的。许多作家你久仰其名，但却很难得见，出版社也很少组织作家之间的见面会，更多的是面对读者的签售会。

鉴于这一现状，那多老师找到蔡骏老师，提出组建一个悬疑作者的交流会，两人一拍即合，携手发起了一个线下悬疑作家的交流群——暗黑技巧研讨会。这个名字听上去很吓人，大家也可以理解为上海悬疑推理作家研讨会。这两位作家在悬疑推理圈可谓名声赫赫，影响力很大，迅速召集到了一批住在上海的悬疑推理作家。我也有幸被邀请入群，成为研讨会的一员，至于为什么只召集住在上海的悬疑推理作家呢？原因便在于研讨会采取线下面对面的形式召开，距离过远确实会带来诸多不便。

会议的形式是这样的，每次聚会都会选出一位与会者的最新作品，发布到群里，让大家共同阅读，随后线下聚会时，轮流对作品进行批评，以提高这位作者的写作水平。参与者都是资深作者，想必心胸也很广阔，应该不至于听不进批评的意见。开会的地址最初都在一些茶馆里，自从孤岛书店开张后，会议地址就转移到了书店，随着书店的歇业，会议地址又迁到了某位老师的家中。谜芸馆开业后，研讨会也曾在此举办过。

最初参与的作者有那多、蔡骏、哥舒意、马广、君天、负二、陆烨华、王稼骏、唐隐、徐然、小饭、孙沁文，还有我。后续像蔡必贵、蒋话、慢三、吴非、马伯庸等老师也陆续入群。当然我们开会时偶尔也有家属旁听，比如那多的夫人赵若虹老师和蔡骏夫人也经常参与，有时也会提出一些意见。

研讨会通常一到两个月会举办一次。随着场次增多，我们发现剧情开始逐渐向所有人意想不到的方向发展。在头几次会议中，那些受到批评的作者往往会忍不住对大家的意见进行反驳，诸如"我认为人物的行为这样设定是合理的""日常对话本就如此丰富，无需过度缩减"之类的言辞。然而，他们很快就会发现，这样的反驳非但没有起到任何作用，反而激起了更猛烈的批评浪潮。就好像一个人孤身面对十几个人的围攻，最终心态彻底崩溃，写作的信心也几乎被击得粉碎。

直到有一次，轮到讨论马广老师的作品时，他巧妙地想出了一种应对之策。

当我们开始对他作品进行批评时，马广老师非常乖巧地点头，虚心接受了所有的批评，并对批评者表达了感谢。几轮过后，大家开始觉得索然无味。那多老师提出反对意见，说你这样太赖皮了，不能这样，你要反驳我们啊！可狡猾的马广老师并不上当，一副"你们说什么我都承认"的架势。这次事件后，研讨会又重新调整了规则，身为被批评的作者，不可以全盘接受，一定要陈述自己真实的创作意图。

然而，像马广老师这样的作者却意外地受到了大家的喜爱，群里成员们总是催促他快点完成新作，好让大家再次热烈地展开点评。尽管点评中满是批评，但每位老师的方式却各具特色。

那多老师通常第一个发言。他一般会清一清喉咙，对大家说："我简单说几句。"然后拿出手机，屏幕上赫然显示着密密麻麻、多达四十几条的批评意见。发言时,那多老师毫不含糊,对每一条批评意见都进行了细致入微的分析,让你难以反驳,直呼招架不住。在这个时候,赵若虹老师总会出面轻声地责备那多老师:"差不多行了。"那多老师会说:"嗯嗯,还有三十几条,我很快就说完了。"

相比热情的那多老师,蔡骏老师则显得更加沉闷,在没有发言的情况下,他通常低着头不说话。如果你以为他无话可说,那你就错了。根据我的观察,蔡骏老师的意见不会很多,但常常一剑封喉,从根本上结束辩论。如果说那多老师是加特林机枪,"突突突"把你打成筛子,那蔡骏老师就是火箭筒,"轰"的一声,灰飞烟灭。

除了以上两位老师,还有另外两位老师,在火力方面也不遑多让。他们分别是君天老师和负二老师。君天老师在批评你之前,会先笑一声,注意,这是冷笑。在笑过之后,他会从故事的角度对你进行打击,作为类型小说,无趣的情节就是他最无法容忍的。他会摇着头说:"没有故事!"而负二老师则相反,他会哈哈大笑,注意,这是嘲笑,哪怕你的故事情节再有趣，诡计设计再精妙，但如果作品缺乏文学性，在他眼里就是一坨屎。他会伸出右手手掌，五指捏在一起，仿佛一个意大利人一样对你说："册那，没有人物！"

马广和哥舒意两位老师的意见相对温和。轮到他们发言时，你可以稍作休息，调整一下心态，偶尔也会从他们口中听到一些正面的评价，尽管只有一两句。尤其是哥舒意老师，在他心情不错的情况下，他还会替你解围，说："我觉得这是作者的选择。"意思是你们说的问题作者都知道，他只是选择了一种自己更喜欢的处理方式。小饭老师也很大度，不怎么批评，经常跑出去户外抽烟。态度最好的肯定是徐然老师，她非常客气，对作品的正面评价偏多，很少说缺点。同样是女性悬疑作家，唐隐老师就没那么客气了，她会直截了当地阐述自己的看法，言辞犀利而尖锐。而她独特的女性视角，也确实为在座的许多男性作家带来了前所未有的启发和思考。

陆烨华和王稼骏两位老师属于"骑墙派"，尤其是陆烨华老师，喜欢逮着瘸子猛踹，踹完再安慰一下，诸如"你这本书也不是没有优点，封面还是蛮好看的"，而王稼骏老师则会各打二十大板，不会下死手；吴非老师说话很慢很慢，有时候你以为他说完了，刚想发言，才发现他其实只说到一半，不过话说得虽慢，但逻辑清晰，对作品好坏的评价标准在是否是一本优秀的推理小说，如果结局没有让他感到惊艳，评价就不会太高；慢三老师是个很认真的人，他所列出的意见不会比那多老师少，对于一些问题，也更执着，是打破砂锅问到底的性格；如果不是本格推理，孙沁文老师就没啥好说的，相比于讨论的作品，他对桌上的零食和饮料更感兴趣；蔡必贵老师仅来过两次，然后就离开上海了，还没见识过他的吐槽。

至于马伯庸马亲王，他自己曾写过一段关于暗黑研讨会的文字，他表示："参会者个个都是资深写手，没有任何纰漏能逃过他们挑剔的眼睛。这些批评都很中肯而准确，所以听起来格外刺耳。具体过程就不说了，不比罹患新冠好过。"可见这次会议给他带来了极大的心灵震撼。不过，马老师参与批评的频次并不高，因此他具体的批评风格如何，还有待进一步观察和了解。

蒋话老师人如其名，很喜欢讲话，而且是讲笑话，是研讨会上的开心果。他在就绝对不会冷场。在我的印象中，蒋老师的表达方式很幽默，所以这种形式的意见，并不会让被批评者觉得不舒服。

至于我自己，一般喜欢躲在最后发言，这样我就可以用"我想说的大家前面都说过了"来搪塞过去。不过我有时也会对某些作品很有感触，发表许多意见，在我印象中，有一次讨论王稼骏老师的新作品，我好像也列了四十几条建议。

暗黑技巧研讨会自发起以来，已经走过了五个春秋，参与的作者队伍不断壮大，在热烈的讨论中，更是孕育出了诸多佳作。虽然大家常常开玩笑说参加会议主要是为了"喷人"，但我深信，在每个人内心深处，都坚信这样的交流对创作大有裨益。这也是为什么已经持续了五年，大家仍然对暗黑技巧研讨会怀有热情的原因。

记与两位日本推理作家的会面

09

京都篇

綾辻行人个头不高，但身姿却很挺拔，从远处走来时，身上有一种从容的气度。由于他戴着一副深蓝色镜片眼镜，所以我并不能辨别出当时他脸上是什么表情，只记得他戴着一顶帽子，穿着一件黑色长款外套，颈间系着大红色的围巾。熟悉綾辻行人的读者应该对此不陌生，红与黑，是这位"新本格旗手"的标配色。

此时的我与讲谈社和新星出版社的编辑老师们正在一家高级酒店的大厅里等候，明明沙发就在眼前，却没有一个人坐下。而我不坐的原因并不是站立可以帮助消化一小时前吃过的午饭。尽管我一直在等待，但綾辻行人的突然出现，还是令我有些措手不及。还未等我缓过神，他已走到我面前。接下去的事情，其实我已有些记不清了。只记得翻译向

127

老师介绍了我，接着是握手、问候，整个过程我就像在梦游一样。

其实我并不总这样。在一天前，我和新星出版社的编辑们到达日本京都，开始了名为"～2023金秋，本格推理了不起～"的活动。这次的活动由讲谈社与新星出版社联合举办，邀请了两国的推理作家进行对谈。刚到日本时，我的头脑相当清醒，直到现在我还能记得晚餐时讲谈社编辑锻治先生和我谈起新年是在绫辻行人家度过的，两人聊了一整夜，还有他并不喜欢东野圭吾的"汤川学"系列。

这种类似梦游的状态，一直延续到我们上车。当天活动的第一站，是前往绫辻行人创作的起点——京都大学推理社。我的座位在绫辻行人身后，并不能直接与他交谈，只能把目光投向车窗外。绫辻行人与他的责编小泉女士一直在交谈。忽然，小泉女士回过头，对我和身边的翻译说："时晨先生今年多大？"

我回答说："我是1987年出生的。"

听完，绫辻行人感叹了一句。翻译低声在我耳边说："老师说你们是父子辈了。"论年纪来讲确实如此，绫辻老师的岁数只比我父亲小一岁。

之后的交流并不多，转眼就来到了京都大学。绫辻行人烟瘾很大，在前往推理社之前，说要在边上先抽上一支。这令我想到了老师笔下的作家岛田洁，同样是烟瘾很重，不过绫辻行人显然不会遵守"一天一支烟"这样的规矩。

　　我曾在好友里卡多的手机里见过京都大学推理社，但现实中这间推理社的破败和逼仄还是远远超出了我的想象。推理社门口有一块陈旧的木板，上面写着"京都大学推理小说研究会"这几个字。白色的字迹很多地方已经褪色，尤其是"京都大学"这四个字，都快消失了，我在心里嘀咕，他们为什么不补色呢？但最终也没有问出口。

　　带着疑问，我们推开了推理社的大门。屋内非常昏暗，陈设的气质和那块题着"京都大学推理小说研究会"的木板一脉相承，如果没人告诉我，我一定会认为这是一间废弃了十年以上的杂物间，而不是大学社团的教室。不过定睛细看的话，就会发现完全不是那么回事——书架上塞满了各式各样的推理小说，桌上也堆着一本本厚重的社刊。不过最夺目的还是右手边那面墙——几乎整面墙都被贴满了纸，纸上密密麻麻地抄写着从 1970 年至今所有发表过作品的社员名字和作品名。不过，纸张看上去却不旧。推理社的学生说，每隔十年，他们都会将墙上的纸揭下来，重新抄录一份，然后再贴上去，以保证上面的字迹清晰，能够被后来进社的学弟学妹们认出。

我站在这面墙前，感受到的是一种绵延不绝的传承。或许日本推理小说能有今天这样的成就，就得益于一代又一代推理迷的贡献，犹如一场旷日持久的接力赛，每个人都发挥自己的才能，将这充满趣味的"游戏"交棒于下一代手中。

绫辻走上前，指着其中一个叫"内田"的名字，告诉我们这个人就是他。我想，当时还是大学生的他，在写下这篇推理小说的时候，应该也没想到自己的作品将会影响一个时代吧！

京大推理社的活动结束后，我们一行人穿过整洁干净的校园，前往学校边上一家知名咖啡店——进进堂。我们进入咖啡店后，选择了后面的露天座位。店家询问我们需要什么，我习惯性地要了一杯冰美式，却被告知这里没有，只有热咖啡。后来编辑告诉我，这家店在 1930 年就开业了，是京都历史最悠久的喫茶店。最厉害的是，这里的饮品单从开店起就没有更换过。看来日本的老字号不仅仅是没换店名这么简单。

在进进堂，我和绫辻行人喝着咖啡，与京都大学的学生们开始了交流。

我对绫辻行人说："我很喜欢您的《杀人方程式Ⅱ·鸣风庄事件》（国内译为《尸体长发之谜》），我觉得这部作品的逻辑推理很厉害。"不料他苦笑了一下，对我说："这是一部令人尴尬的作品。"见他不愿意多谈，我也没继续追问下去。接着，我问各位学生："大家最喜欢老师的哪部作品呢？"

学生们七嘴八舌地说着自己的答案。

"我最喜欢的是《十角馆事件》！"

"当然是《替身》（*Another*）啦！"

"最好的应该是《迷宫馆事件》！"

其中有一名同学支支吾吾，磨蹭了半天，才说："我的是《咚咚吊桥坠落》……"

说完，大家都笑了起来。尽管语言不通，只需一个书名，大家就心领神会，我想，这就是推理小说的魅力。

在笑声中，我们结束了在进进堂的交流。

离开进进堂咖啡店后，我们又上了商务车，驶过繁华的街道，前往一家名为 ROVRIR 的酒吧，进行对谈的拍摄。

这家酒吧很有意思，因为店主是绫辻行人的超级粉丝，所以店里有他全部的作品。不仅如此，老师在这家店里还有自己的"专用茶杯"。

没错，就是那个"十角馆限量版马克杯"！

对谈开始之前，讲谈社的编辑将大纲交给绫辻行人，其中还有一份关于我作品的故事简介。其实这些东西在前一天晚上绫辻行人都已经看过了，只是拍摄之前再复习一遍。

他指着其中一张 A4 纸，对我说了一句话。翻译告诉我："绫辻老师觉得《密室小丑》这个设定很有趣，他说小野不由美也很感兴趣。"

拍摄开始之前，绫辻行人还将放置在桌上的《黑曜馆事件》和《枉死城事件》拿起来看了很久，似乎很好奇书里讲了什么。

讲谈社的编辑询问我："这些作品属于什么风格？"

这位编辑读过我此前在《早川推理杂志》上刊登的短篇推理小说《濒死的女人》，我在杂志中被早川书房的编辑冠以"中国的埃勒里·奎因"的称号，所以他好奇这些作品是不是更像奎因作品的风格。

我回答说："这个系列都是本格推理，大部分是'暴风雪山庄'模式，因此也会有一些读者批评太像绫辻老师的小说。"

"批评？"编辑老师表示很疑惑，"这应该算是夸奖啊！"

日本人的思考方式果然和我们不一样。

对谈快结束时，我对绫辻行人老师说："今天在京都大学推理社看到一整面墙的作品列表，我很感动。从1970年代到现在，传承没有断过。我觉得这种传承是跨越时间、跨越国界的，希望更多人加入推理小说创作的行列，加入这个最伟大的游戏。"

绫辻行人老师听完，说道："而且是输了也很快乐的游戏。"说完，他起身和我握手，拥抱。这让我有点受宠若惊，因为他的编辑说，绫辻老师平时并不会这样，说明他今天心情很好。

晚上会食的队伍分两批，我的责编王萌、国际事

謎芸館 さま〜

本格ミステリーは
頂けても楽しいゲーム！

綾辻行人

2023.10.29
京都にて

绫辻行人赠言：所谓的本格推理，是即使输了也会很开心
的（智力）游戏。

业部的田村先生、绫辻老师的责编小泉女士、绫辻行人和我，一起去了一家火锅餐厅。虽说是蒙古火锅，但感觉和北京涮羊肉没啥区别，连蘸料都差不多。这时，我已经从梦游状态恢复了清醒，话也多了起来。

"老师最喜欢吃什么食物？"我问绫辻行人。

绫辻行人想了想，说他最爱的食物是夫人小野不由美做的咖喱饭。

我们听了哈哈大笑，老师的求生欲果然很强。

绫辻行人也问我："你很喜欢埃勒里·奎因是吧！你最喜欢他哪一部作品呢？"

对我来说，这倒是一个很难回答的问题。

"如果一定要选的话，我选《Y的悲剧》。"答完之后，我也将这个问题抛回给了绫辻行人。

"我也最喜欢《Y的悲剧》！"

果然英雄所见略同。

"日本也有很多风格类似奎因的作家，您觉得'日本的奎因'到底是有栖川有栖，还是法月纶太郎呢？"我继续发问。

"是有栖川。"绫辻行人回答。

"那青崎有吾呢？"

"他是'平成年的奎因'。"绫辻行人又笑了笑，补充了一句，"虽然我很喜欢奎因，但自己写出来的东西，却和他完全不一样呢。"

我当然不会错过这个千载难逢的机会，于是问道："老师最喜欢自己的哪部作品？"

这个问题显然难住了绫辻行人，他想了好久，才答道："应该是《暗黑馆事件》。像这样的小说，我再也写不出来了。"

饭桌上讨论的气氛越来越热烈，话题也渐渐从推理小说转到了别的地方。

我对绫辻行人老师说："您知道自己在中国的绰号是什么吗？"

老师对这个话题非常感兴趣，听到之后，整个人都挺直了腰板。

"010！"

翻译将"010"的字面意思翻译过去，绫辻行人听得一头雾水。

"因为'0'在中文的读音对应的是'绫'，而'10'则对应'辻'这个字。连起来读就是'绫辻'！"我解释道。

老师这才恍然大悟，马上好奇地追问："京极夏彦在中国的绰号是什么？"

我回答说："好像叫'肉彦'。"不过我表示并不知道这个词的含义。

大家猜测了一阵，后来田村先生说，可能是"肉肉的"比较可爱。大家都接受了这个解读，觉得很符合京极夏彦的形象。

会食结束后，绫辻行人赠送了我和王萌礼物，我也送了谜芸馆的推理大师徽章给他。

绫辻行人说："这个徽章很精致，日本的推理迷应该会感到惊讶。"

"谜芸馆是什么意思呢？"绫辻行人对我在上海开的推理书店也很有兴趣。

"'谜'是谜题的意思，'芸馆'是书斋的意思。"我向他解释。

"这样的书店很有趣，日本也没有这样的书店，不如来京都开一家吧！"绫辻行人开玩笑道。

我马上说："等我发财了一定来京都开书店。"

临行前，我拿出备好的书请绫辻行人签名，说会把这个放在我的书店展示。

给我题字的时候，他问我："有没有看过《替身》？"

我说："很惭愧，我没有读过这本书。因为有朋友和我说这部作品不是本格推理。"

绫辻行人说："是本格推理，相信你一定会喜欢的。我写一句这部小说中的台词给你吧！"说着，就签上了那句著名的台词。

"我一定会拜读的！"我立刻表态。

签完名后，绫辻行人问我能不能把今天对谈时放在桌上的两本样书签个名送给他，分别是中文版的《黑曜馆事件》和《枉死城事件》。只可惜当时这两本书不在我们身边，只得答应他明天托小泉女士转交给老师。

快乐的时光总是短暂的，时间也不早了，大家穿上外衣，准备离开饭店。

在下楼梯之前，绫辻老师忽然转过头，对我们说："将来如果有机会，可以请出版社策划一个活动，邀请中国的推理作家和日本的推理作家一起在一个恐怖的馆里对谈，说不定会发生有趣的事件。"

大家都表示这个策划非常棒，希望有一天能够实现！

我们在寒风中握手道别，结束了愉快的一天。看着绫辻行人老师远去的背影，感觉很不真实。十九年前，我第一次读到珠海出版社出版的那本绫辻行人的《十角馆杀人预告》时，完全想不到有一天我会和这本书的作者见面。

我还记得那本书的前勒口处印了一张作者的照片，那时的绫辻行人才三十来岁，穿着西装，双手环抱胸前，自信满满。那个年轻人的形象和如今绫辻行人的背影重叠在了一起。这个人开创的"新本格时代"，直到今天，还在影响着我们这些后继的创作者。

东京篇

"那边两栋是旧楼，这边是新造的。"讲谈社的佐佐木女士指着一栋崭新的高楼对我说道，"都是讲谈社的。"佐佐木女士曾在北京大学留学，中文讲得很好。

不愧是日本最大的综合型出版社。我不禁在内心感叹。

在佐佐木女士的陪同下，我和新星出版社的编辑们一同参观了讲谈社的内部图书馆和资料库。从1950年代至今出版的书，几乎都被他们分门别类地保存在资料库中，方便内部人士查询。然而我这次来到讲谈社，真正的目的并不是浏览他们的资料库，而是为了见一位在日本人气很高的新生代作家——斜线堂有纪。

我们会面的地点是在讲谈社新楼的 26 层。到达楼顶后，可以从落地窗俯瞰整个东京城景。鳞次栉比的楼房一望无际，透过薄雾遥望远处，还能隐约看出富士山的轮廓。

讲谈社的编辑将我们引到一间会议室中，能看到摄影师已经就位，沙发和茶几也被放置在了屋子中间的位置。过了没多久，斜线堂有纪和她的责编就到了。这位编辑是位年轻的男士，身材很瘦，性格非常活泼，据说是讲谈社三位最懂推理的编辑之一。

在来日本之前，我只见过一张斜线堂有纪戴口罩低头给读者签名的照片，见到真人后才发现，她是个非常漂亮的女孩。那天她披着长发，穿着一袭黑色连衣裙，年纪看上去也很小，和我想象中的模样很不一样。

寒暄之后，斜线堂有纪就退到她的责编身后，一言不发，给人感觉性格非常内向。不过在创作领域，斜线堂有纪却非常活跃，不仅仅在推理小说方面有所建树，言情、科幻等题材也驾轻就熟，是个多面手。像这样能够同时在不同类型的小说创作中自如切换的作家，我一直都非常敬佩。

这次的对谈也是由我的责编王萌主持，他轮流向我们提问，斜线堂听到问题后，总是低头思考许久才回答，可以看出她是个相当认真的人。对谈中，我们聊到了恐怖电影。斜线堂有纪表示自己是个恐怖电影迷，还向我推荐了一部泰国的恐怖片，但我完全没有听过。讨论了半天，才发现是两国译名不同闹的乌龙，其实那部电影就是泰国的恐怖片《灵媒》。

对谈结束后，到了午饭时间，讲谈社特意叫了外卖便当当工作餐。这时，我看见斜线堂的责编双手合十，一直在向她道歉。

翻译老师解释道："斜线堂并不知道中午会在社里会食，所以来之前就吃过东西了。那位编辑忘记传达这件事，所以在向老师道歉。"

斜线堂摆摆手说："没关系，我就不吃了，陪你们聊天。"

责编哭丧着脸说："要不您吃一点吧？都是我的问题，实在太抱歉了！"

最后斜线堂也没有和我们一起吃饭，只是安静地坐在一边和我们聊天。

相比正式对谈，会食聊天的过程就轻松多了，尤其是聊到《名侦探柯南》，斜线堂的话也逐渐多了起来。我们还聊到了"工藤洗衣机"的梗。

"为什么?"斜线堂很好奇。

"因为工藤新一的日语发音是 Kudou Shinichi, 和汉语中'滚筒洗衣机'的发音很像!"

被老师问及在《名侦探柯南》中最喜欢的角色时, 我的回答是"服部平次"。大家表示很惊讶, 我解释说:"我记得《侦探甲子园》这个故事中召集了日本最强的四位高中生侦探去破案。案件是密室杀人, 服部平次破窗而入, 结果被工藤新一批评破坏现场。但服部平次的回答却让我很动容, 大概的意思是破案和救人, 他永远会优先选择救人。"大家听完都表示了赞同。

聊到看过的中国推理时, 斜线堂提到了孙沁文的《凛冬之棺》, 说这是她今年读过最好的海外作品。

"孙沁文是我的好朋友, 平时我们也会经常在一起聊天。"我说。

"在一起会聊推理吗?"斜线堂问。

"很惭愧, 我们的话题好像大多数和推理无关。"我问道, "您在圈内有哪些作家好友呢?"

"阿津川辰海、相泽沙呼等。"说完, 讲谈社的编

謎芸館様

日本のミステリも
よろしくお願いします。
華文ミステリ大好き！

斜线堂有纪赠言： 日本推理小说也请拜托了。超喜欢中国推理小说！

辑还拿出了斜线堂与阿津川辰海合著的新书《给你的挑战书》（あなたへの挑戦状）给我们看。

"你们在一起会聊点什么呢？"我又问。

斜线堂叹道："吐槽'生活好辛苦啊'之类的话题。"

听到这里，大家不由得笑了起来。

这次的会面虽然短暂，气氛却非常愉快。从斜线堂有纪身上能感觉到她是个非常有想法、充满创造力的创作者。

从具有厚重历史底蕴的京都到充满新鲜活力的东京，我仿佛经历了一次时代的更迭。从绫辻行人到斜线堂有纪，不同时代的日本推理作家，拥有不同的气质与表达。日本推理能有今天的成绩，并不是一两个"救世主"和"天才作家"所能造就的，而是通过一代又一代推理作家的努力，共同添砖加瓦，才构筑成了如今这般的"摩天大楼"。

会面结束后，我和编辑老师一起走出讲谈社的大楼，来到了车水马龙的街道上。碧蓝天空下的东京街道配上行色匆匆的路人，让我有一种置身日剧中的错觉。

"接下来想去哪里呢？"编辑老师问我。

我忽然有个不错的提议。

"去逛书店吧！"

谜芸馆推理榜单

10

除了前文提到的推理文学奖，日本还有年度推理四大榜单。这四大榜单分别是宝岛社评选的"这本推理小说了不起！"、《文艺春秋》评选的"周刊文春推理 BEST 10"、原书房评选的"本格推理 BEST 10"和早川书房评选的"这本推理小说好想读"。不得不承认，日本推理小说的商业化运作相当出色。这些精心编纂的年度榜单，不仅为读者提供了购书的权威指南，还构成了一种极为高效的营销策略。每当榜单揭晓之时，总能引发广泛的关注与热烈讨论，成为推理小说迷们翘首以盼的盛事。

　　国内也有年度榜单，比如豆瓣的年度悬疑小说榜，可这份榜单并不像日本那样会将国内和海外作品分开评选，而是混在一起。这样一来，留给国内悬疑推理小说展示的空间就会变得很少，毕竟面对强势的日系推理，欧美推理都不是对手，更何况原创推理？所以在 2023 年底，我就动了以谜芸馆的名义，办一个书店榜单的想法。

我认为专业的榜单一定要由业内资深人士投票，这点不论欧美和日本都是如此，大多都是推理作家协会的会员投票。可国内没有推理小说相关的组织，想要找到一群推理作家，只能通过个人关系去联络。如果由圈外人来操作这件事，难度很大，而我自己也是推理作家，则有了近水楼台之便。我通过一些编辑和朋友，辗转联系到了六十位国内推理作家和出版机构的编辑，邀请他们共同参与了第一届榜单的投票。

榜单设置了国内推理小说榜、海外推理小说榜、非虚构榜三种。其中非虚构榜主要由推理小说相关的学术论著、评论集、传记、纪实文学等组成，作者不分国籍。评选标准是这一年在中国大陆地区出版的简体中文版书籍，类型包括但不限于本格推理、社会派推理、科幻推理、犯罪小说等。每位评委每种类别最多推荐 10 本书。

收集好大家的投票，便是记票环节。我们将每一票都清清楚楚地记录在表格里，以便日后查询。因为想要做到公开透明，就必须将原始的数据保留下来，可供读者查询。这个过程工作量很大，也非常辛苦，但一想到可以填补国内推理榜单的空白，还是觉得非常有意义。但完成之后，我人都傻了。

为什么？因为各位老师竟然把拙作《侠盗的遗产》投到了国内榜第一名！

这件事对我来说有多尴尬呢？我打个比方。相当于你作为颁奖嘉宾，站在颁奖典礼的舞台上，手里捧着奖杯，公布获奖名单时，身后大屏幕上打出了你的照片。左手颁奖给右手，大概就是这么个情况。于是我急忙找来几位熟悉的编辑老师商量，这可怎么办？不如把我的第一名拿掉吧！可是如果把我抽走，那所有评审的投票都要篡改，而且这份资料在榜单公布后，还需要向公众公布，所以就很麻烦。编辑老师说，投出来是什么样，就什么样。我想也没其他办法，随后就在谜芸馆的微信公众号公布了榜单结果。

我知道《侠盗的遗产》能夺得第一届的榜首，很大程度上在于组织者是我，参与投票的评审老师中也有不少是我的朋友，出于礼貌，给我投了一票。所以将来谜芸馆推理小说榜如果我的作品有幸再次上榜，我无法修改评委的投票，但大家亦可自动将其忽略，转而把关注投向榜上的其他作品。能够公平公正地选出最优秀的推理小说，这才是谜芸馆办推理小说榜单的初衷。其实在很多采访和播客节目中，我也反复说过这件事，今天借此机会，再次重申一下。这里还要感谢普洱猫老师的帮助，她邀请我上了她的播客节目"银杏树下"，让我有机会把这件事讲清楚，同时也让这个榜单的影响力能在圈外扩散。

不过第一届谜芸馆年度推理小说榜单公布后，整体反响平平，仅在推理圈内有一些传播。见到这样的情况，我不免有些心灰意冷。因为这个榜单完全是公益性质，对我来说，投入了大量的精力不说，还承担了一些费用，虽然不多，但像设计海报之类的劳务费还是需要的。因此，我开始对最初的决心产生了动摇。

正当我还在犹豫，第二届谜芸馆年度推理小说榜单的工作要不要继续之际，杨浦区五角场街道找到了我，并表示可以提供帮助。他们有一个可容纳百余人的场地，环境不错，可以免费租给谜芸馆，现场可以提供免费的茶水供参会者饮用。这样一来，我们的榜单不仅只在公众号上公布，甚至可以在线下搞一场发布会兼颁奖礼。

听到这个消息，我非常振奋，便开始着手第二届榜单的准备工作。

这里要感谢新星出版社、紫焰文化和牧神文化的各位编辑老师，毕竟我个人能力有限，靠他们的帮忙，最后才联系到了那么多圈内老师的参与——第二届成功邀请到了80余位行业内的资深人士，其中不仅包括知名的作家和编辑，还有高校推理社团的成员、推理领域的大V，以及活跃的推理up主等。

从拟定邀请名单，到设计并制作邀请函，再逐一发出；从记票登记，到联系供应商准备物料（如易拉宝、奖杯等）；甚至现场播放的PPT以及嘉宾获奖视频的剪辑工作，第二届谜芸馆推理小说榜发布会的筹备工作，可以说忙了整整一个星期的时间。

活动当天，我十点就到达了位于杨浦区国定支路27号的会场——人人讲堂，开始了现场的布置。下午两点，发布会正式开始，由我担任主持人。

第二届榜单的非虚构榜第一名是孙毅老师的《推理小史：黄金时代》。

说起孙毅老师，我和他相识也是因为书店。当时我还在南昌路开孤岛书店，记得是一个下午，店里走进来一位气质儒雅的中年人，他从包里取出一本印刷精美的推理随笔集，赠送给我。我翻开之后，非常惊喜，便和他聊起来。这才知道这位先生名叫孙毅，是复旦大学的高材生，本职工作是搞 IT 的，推理小说只是业余兴趣。但是他却非常认真地写下了这些文字，质量甚至比市面上某些正式出版的推理小说史都好。后来，我在微博上还特意推荐过这本《推理小史》，我这样写道：

> 想跟各位出版界的老师们推荐一部书稿，孙毅老师的《推理小史》。这本书目前尚在寻求出版的阶段，内容是梳理了推理小说的发展脉络，但与市面上其他推理史不同的是，这本书里面有很多资深推理读者的观点，这些观点，需要一定的阅读量和独到专业的眼光。大家都知道，现在的国内推理，缺的不是作者，而是专业的评论者，好的评论者可以提升读者的品位和审美。所以，像这样的好书，值得出版，对推广普及推理

小说来说，功德无量。如果老师们有兴趣的话，可以联系我，感谢！

由于作品优秀，受到了许多出版社编辑老师的关注，其中上海三联书店出版社慧眼识珠，遂将其出版。自此之后，每当有读者来到店里，询问我是否有介绍世界推理小说史的书籍时，我不再有无书可荐的尴尬，我会满怀自信地将这本《推理小史》推荐给他们。

国内推理榜第一名是记无忌老师的《大宋悬疑录：貔貅刑》。说起记无忌老师，我和他本人并不相识，由于记老师此前写武侠小说比较多，所以我也不曾读过他的作品。不过有写作天赋的人，不论什么题材，都能信手拈来。初涉推理题材，竟有如此成绩，实在令同为作者的我感到羡慕和佩服。

海外推理榜第一名是日本作家雨穴老师的《怪画谜案》。我最早知道雨穴老师的大名，是在 B 站上，没错，他的小说最初是以一种别出心裁的视频形式呈现在观众面前的。他的视频风格非常独特，是以一种伪纪录片的视角展开故事的。随着故事的深入，不可思议的恐怖事件开始逐渐浮出水面，而故事的结尾，更以一种令人拍案叫绝的方式，将所有线索巧妙地串联在一起，脑洞极大，趣味性也非常强。尽管不是传统意义上的推理小说，但其开篇的悬念感与结尾的意外性处理得极为优秀，夺得第一也不奇怪。

由于时间紧迫和操作难度较大，雨穴老师那边是没法联系了，我便通过出版社，邀请孙毅和记无忌两位老师前来发布会领奖。但不巧，孙毅老师正在日本，而记无忌老师远在西安，也没法赶到现场，便只能录制一段获奖感言的视频发给我。

尽管未能直接邀请到获奖者本人，但幸运的是，获奖作品的责任编辑们都有空出席。于是，我成功地将出版《推理小史》的上海三联书店的编辑张静乔老师、负责《大宋悬疑录：貔貅刑》出版的紫焰文化王困困老师，以及《怪画谜案》的出品方磨铁文化的编辑胡马丽花老师一并邀请到了现场，由她们代表作者领取这份荣誉。同时，我也安排了孙沁文、王稼骏和华斯比三位圈内颇有影响力的老师，作为颁奖嘉宾出席发布会，给获奖者颁奖。

我本打算邀请战玉冰老师作为非虚构榜的颁奖

嘉宾，却不料遭到了战老师的"无情"拒绝。战老师半开玩笑地质问我："为什么第一届我得奖的时候，你没办颁奖礼？更可气的是，第一届的奖杯，到现在还没补给我呢！"面对战老师的这番"质问"，我只能笑着安抚道："以后一定补，以后一定补。"其实这是我使出的一招缓兵之计，但聪明如战老师，自然不会轻易上当，依然坚持他的拒绝态度。其实，那天战老师确实有事在身，活动当天系里有个重要的会议要参加。不然的话，以我们之间深厚的友谊，就算我不提补奖杯的事，战老师也会欣然出席担任嘉宾的。对吧，战老师？（口气有点虚）

话说回来，令我没想到的是，尽管发布会当天是工作日，但现场竟然座无虚席，甚至还有外地的读者远道而来，参与这次活动。B站直播发布会时，也有不少网友和我们进行实时互动，氛围相当热烈。

活动拉开帷幕，我作为主持人首先致以简洁明了的开场白。由于很久没有上台演讲，我表现得非常紧张，好几次大脑一片空白，都不知道自己在说些什么，幸而没有犯什么大错。随后五角场街道的潘书记上台发言，她表达了对谜芸馆推理榜单的支持与祝愿，发言非常得体，比我好多了。紧接着，三位颁奖嘉宾依次登台，生动地介绍了三个榜单上的十本上榜作品，并郑重地为代领奖的编辑老师们颁发了奖杯。

说到这三位颁奖嘉宾，我又忍不住要吐槽一下。

首先是华斯比老师说话的时候，有点口吃，经常同一个字，说三四遍，很像 B 站的鬼畜视频。而且语速很慢，听着让人着急。在台上有好几次，他盯着榜上的书名，反复在念书名，书名就像一道天堑，怎么也过不去，台下的听众恨不得拉进度条。

接着是孙沁文老师，一上台就"嘿嘿嘿"地笑，仿佛在来的路上捡到了五块钱，买了一瓶他最爱喝的娃哈哈 AD 钙奶。这么正式的场合，一点也不严肃，还喜欢戴一副没有镜片的眼镜，冒充知识分子，要不是我请不到其他嘉宾，根本不会找他。

最后是王稼骏老师，颁奖仪式时，音乐响起，获奖者上台领奖，而身为颁奖嘉宾的王稼骏老师却愣在原地，与之对视，僵持不下，仿佛随时要和获奖者单挑。我实在忍不住，压低声音对王稼骏老师说："王老师，给奖杯！"王老师这才如梦初醒，把奖杯递了过去。

三位编辑老师发表了诚挚的感谢词,随后现场播放了得奖者精心准备的获奖感言视频,让现场气氛更加热烈。

颁奖环节圆满落幕后,三位颁奖嘉宾围绕"我们为何需要榜单"这一主题展开了深入的对谈,分享了他们的独到见解。

对谈之后,到了现场读者提问的环节。其中有一对母女我印象非常深刻,小女孩还带了她班级的男同学一起来参加。女孩向孙沁文和华斯比两位老师提问,希望他们谈谈对青少年阅读推理小说的看法和建议。

孙沁文老师的观点是青少年时期是阅读的"黄金"时期,因为好奇心最重,对未知的事情着迷。家长不要觉得推理小说是很血腥、很恐怖的,其实推理小说是非常利于锻炼逻辑思维能力的一种小说。推理小说崇尚用科学精神和逻辑思考去解决问题,同时又可以学到许多知识,还能培养阅读的好习惯。

华斯比老师同意孙沁文老师的观点,同时也补充道:"相较于打游戏,多看书无疑是一种更为有益的选择。以我自己为例，小时候我也并不喜欢阅读，但恰逢父亲单位的工会图书馆搬家，他收购了一些图书馆不要的书籍，通过阅读其中一些文学作品，我才逐渐培养起个人的阅读习惯。如今，娱乐方式多种多样，但阅读却是其中成本最低且收益颇丰的一种。课余时间，除了运动之外，捧起一本书静静阅读，实在是一种很不错的消遣。此外，我想对家长们说，很多家长可能认为推理小说对孩子不好，但实际上，我们小时候看福尔摩斯探案故事，也并没有因此学坏。阅读就像大禹治水一样，关键在于疏导而非堵塞。孩子看完书后，家长可以与他们进行交流，进行正向引导，多沟通、多分享。甚至，家长还可以与孩子一起阅读，共同享受阅读的乐趣。毕竟，多看书总归是没有坏处的。"

最后，三位对谈嘉宾分别挑选了三位提问的读者，赠送了各自的签名书作为奖品。

至此，发布会活动的各项流程圆满结束，我也累趴下了。

不过，这次线下的发布会让我真切地感受到大家对榜单的热情和支持，我也没想到会有这么多读者用实际行动表达了对谜芸馆推理榜单的支持。

在这里，还要感谢在现场帮忙的小伙伴们，尤其是老鬼和小陈，一个帮忙在现场售卖书籍，一个帮忙持镜直播，离开了他们的帮助，这场活动我一个人根本顶不下来。如果读者朋友将来有兴趣来谜芸馆，很有可能也会遇到他们。

首先介绍一下老鬼。老鬼网名叫"鬼王爷"，本是 B 站网红"我是怪异君"的粉丝，通过怪异君知道谜芸馆书店后，经常会来这里帮忙。老鬼本是个很温柔的人，但他的样子却正好相反，浓眉大眼，身高体壮，一头长发扎在脑后。给他一把朴刀，一件披风，他可以直接上梁山，不需要面试，五分钟后就能位列第一百〇九将，绰号都是现成的。所以很多顾客看到他，都有点惧怕。但经过一段时间的交流，大家也都被他的热情所感染，因为他真的很会推销书，谜芸馆销售冠军就是他。要不是谜芸馆天天财务危机且一直徘徊在倒闭边缘，我一定会高薪雇他做全职店员。

后期老鬼迷上了钓鱼，来得就比较少了，他的接班人叫小陈。

据说金鱼的记忆只有七秒,后来这件事被证实为谣言，但我觉得小陈的记忆真的只有七秒。他常常说话说到一半，就忘记接下去要说什么。他开口就是:"我跟你说，啊，我忘记了!"两句话之间相隔半秒。小陈另一个很牛的地方在于，你用正常人的智商，永远无法预测他下一步的行动及其背后的动机。换言之，他就像一本让人猜不到结局的推理小说。因为普通人预测一件事，通常会按照自己的行为逻辑去判断，但小陈不是普通人，他是世界奇观。哪怕小陈自己，都无法预测自己下一步的行动。

小陈可以在毫无犯错空间的事情上犯错,这就是他的超能力。

如果你让他帮忙点一杯咖啡外卖,他会把咖啡直接送去二十公里外的地方；如果你让他帮你把书从这张桌子，搬去另一张桌子，哪怕桌子和桌子之间，只间隔一米，他也会把书精准地摔到地上，让书脊破损；如果你让他替你按一下文档的保存键，他一定会按下删除键；如果你让他什么都不用干，只需要站在那里就行，他就会向你走来。

每当搞糟一件事，小陈就会大喊:"完蛋啦!"然后光速道歉。小陈对此的解释是"大智若愚",自己只是比较粗心而已。随着一系列笨拙的行为累积,后来的小陈不再为自己的智力水平多做辩解,只是偶尔会用"弱智保护协会提出严正抗议"来表达自己的不满。

这两位都不是店员,没有工资,却经常会来书店替我分忧。

当然,最要感谢的还是上海市杨浦区五角场街道,感谢街道领导给予的大力支持。没有五角场街道提供场地,这次的分享会就难以如此顺利地举行。从最初的筹备阶段到活动的圆满落幕,街道的工作人员始终与我们紧密合作,无论是场地的布置、设备的调试,还是活动的宣传与推广,都给予了无微不至的帮助和指导。

行文至此,我不知道还会不会有第三届谜芸馆年度推理小说榜单。未来的事情总是充满了不确定性,就像迷雾中的航船,方向虽明,却难料前路会有多少风浪。我也不知道第三届时,这个榜单的影响力会到何种程度。也许会继续稳步增长,吸引更多的读者和业内人士关注;也许会遇到新的挑战,需要我们付出更多的努力和汗水去克服。

但无论未来如何，我都深知一点：只要我们对推理小说的热爱不减，只要我们还愿意为这份热爱付出行动，那么谜芸馆年度推理小说榜单就有存在的意义。这就是我对推理小说的承诺，也是我对自己的承诺。

因为它不仅仅是一个榜单，更是一个让优秀推理作品脱颖而出的舞台，一个让推理爱好者们相聚一堂的盛会。

书店日记

11

2021 年 6 月 13 日　星期日

鸡丁老师在孤岛书店等待读者问他要签名,目前
为止人数为 0。

2021 年 9 月 5 日　星期日

今天来拍照的比买书的多。有个小伙子来店里给
女朋友科普推理小说知识。他告诉女友,日本现在
流行本格派,以前流行变格派,本格派创始人是江
户川乱步,变格派创始人是横沟正史。国内推理小
说不行的原因在于没有人能开创新的流派。女朋友
表示崇拜。他们走的时候果然一本书也没买。

2021 年 9 月 10 日　星期五

临关门前来了个客人,问:"有绫辻行人签名本
吗?"我答:"没有。"又问:"三津田签名本有吗?"
我答:"没有。"继续问:"松本清张签名本呢?"我答:

"你怎么不问我有没有阿加莎·克里斯蒂和柯南·道尔的签名本?"他很兴奋地问:"有没有阿加莎·克里斯蒂和柯南·道尔的签名本?"我答:"没有。"他说:"怎么什么都没有?"最后,他走的时候很扫兴,我很内疚,感觉他来错了地方。

2021 年 9 月 18 日　星期六

今天 17 点 15 分来店里的那位穿白衣服的女孩,您好。您在孤岛书店买了《一份不适合女人的工作》《悬疑小说创作指导》《夏洛克·福尔摩斯的科学》《畅销作家写作全技巧》和《脑力竞技俱乐部 3》五本书,共计 195 元。您走时还问我是不是躺白线内可以免单,不知道您还记得吗?您忘记付款就走了,我这边查不到这笔付款的记录(微信和支付宝)。如果您看到这条消息,请有空的时候来书店结款。书店小本经营,请您谅解。

2021 年 9 月 25 日　星期六

书店最吸引的人是读书人和买书人吗? 不,是摄影师。

2021年10月9日　星期六

今天来了个小伙子，挺客气的，买了本叶真中显的《绝叫》然后问我："老师能不能帮我签个名？"我说："当然没问题啦！"然后我很期待他从包里拿出我的书。结果他把《绝叫》递给了我。我忙说："这可不行，签在别人的书上，是对原作者的不礼貌。"他说："要不拿张纸签给我？"我有点蒙，说："还是下次吧。"小伙子人倒是蛮客气的。

2021年10月21日　星期四

今天一个女孩买单时和我说，四月份的时候拿了店里的《枉死城事件》没付钱，今天一起付。原因是之前出版物许可证还没下来，不能经营，所以我当时就先把书给她了，说等以后再来付钱也行，实际上这件事我早忘了。怎么说呢，虽然也没几个钱，但这种陌生人之间互相信任的感觉真好。

2021年12月27日　星期一

昨天下午在书店，来了两位女顾客，看上去像是大学生，其中一位买了紫金陈的《坏小孩》然后离开书店。但出门后过了一会儿，又进店里问我："能不能签名？"我很高兴，说："可以的。"结果她把买的那本紫金陈的书递给我。气氛有点尴尬。我保持微笑说不可以签在其他老师的书上的，这样不太好。然后她又问能不能签在书签上，这总不好拒绝，于是签了。这是我第二次遇到这种情况了。下次再遇到这种事，给我什么书，我就签什么作者的名字。

2022 年 1 月 4 日　星期二

昨天有一对夫妇到书店，问有没有印章可以敲。因为在此之前，已经有三四个来敲印章，敲完就走了，所以我出于好奇，就问他们敲这有啥用？他们说收全上海书店的印章，打卡呀！这件事引发了我的思考，打卡应该算是一种收藏癖吧？只要是人气足的地方，不论是餐厅、酒吧、商场都要去一去，但其中肯定有自己不喜欢的地方，仅仅为了"打卡"才去，比如像我这种书店，他们其实没啥兴趣。所以这种"打卡"真的有意义吗？感觉很多时候其实只是为了收集而收集。当然，也可能是目前的我还未能领会这种收集店铺的乐趣。

2022 年 2 月 24 日　星期四

刚才又碰到一件"日常之谜"。来了一对男女，在书店拍照。拍几张照很正常，打个卡留个念嘛。但是，把书架上每一小格都拍了一张，拍得非常仔细，远景近景反复拍，这件事就很奇怪了。拍完就走了。我百思不得其解。

2022 年 3 月 1 日　星期二

今天有个顾客替他朋友来买书，但书单上都是如《杀戮之病》《全部成为F》《玻璃之锤》以及麻耶雄嵩的绝版书，对于新出版的推理小说却没什么兴趣。我觉得这种现象从心理学上比较容易理解，物以稀为贵嘛，但从长远的眼光来看，其实是不合算的。我对这位顾客说，现在出版的很多推理小说，因为起印量低，过个一年半载很快就会变成绝版书，到时候价格也会翻个好几倍，所以与其追逐绝版，不如多买点现在刚上市的作品，这样既不会被二道贩子骗，对出版市场也有利。当然，我的话，他的朋友也不在意。有句实话，很多你们追逐的绝版经典，综合一些年代因素，其实也就那么回事。

2022 年 3 月 4 日　　星期五

今天书店来了位 1995 年出生的男顾客，看着我说："你应该比我大 20 岁吧？"我说："错了，我其实是 1963 年的。"他说："那应该没那么大。"很久没遇到这么会聊天的顾客了。

2022 年 3 月 11 日　　星期五

今天店里来了一位顾客，特别有意思。那时我正与另一位老师聊天，他问："时晨今天不在吗？"我说："找他什么事？"他说："他写的《黑曜馆事件》有很多漏洞。"我说："是的，他写得很差。"他又说："还有那本《五行塔事件》……"我未等他说完就抢答："也是垃圾，不太行。"我看到他就愣在那里，一副无话可说的样子。

2022 年 3 月 12 日　　星期六

孤岛书店最后一天的告别会。感谢各位来过、关注过孤岛书店的朋友。孤岛书店不仅是一个书店，更是我们共同的回忆。感谢今天来和没来的朋友，你们的祝福和礼物，我都收到了，就不一一道谢了。铭记在心。期待孤岛复活的那天！

2023 年 1 月 31 日　星期二

昨天店里来了位很可疑的客人，大家来帮我分析分析。

首先这人抖着肩膀，摇摇晃晃地在书店里逛了大约二十分钟，腔调像是在扮演电影里的古惑仔，先是问我："有没有台版？"我说："没有。"然后，他买了一本佐佐木让的《急电：北方四岛的呼叫》，付款时问我："你这书是不是盗版的？"我说："我都是正规渠道进书，而且佐佐木让谁要做盗版啊？又不是《鬼吹灯》。"撕开塑料袋后，他说这本书品相不好，纸张太差了，要换一本，因为库存还有两本，于是又给他换了一本。

过了大约五六分钟，他跑过来说："你帮我签个字吧。"我说这不是我写的书，我不能签的，如果想留念可以敲个书店印章，然后帮他敲了。接着他跑到书架那边开始狂翻那本书，又过了几分钟，跑过来对我说："老板，这本书都开裂了，换一本！"

我一看，书背裂开了，显然是翻页时太用力，撑开了书脊的胶。我说:"没有你这样的,给你的时候书也是好的,又敲了印,你这样我卖给谁呢?"他不依不饶,我想算了,做生意以和为贵嘛,就给他换了一本,他去拿的是《惊吓馆事件》。绫辻行人的书,挑这本,懂的都懂,肯定是不读推理的。后来我朋友和我分析,说:"是不是故意来找碴儿的?"

他在书店工作,说同行经常会去整同行。我开始还觉得荒唐,我这么一个小破书店,谁瞧得上啊,用得着专门找人整我?不过联系诸多疑点,事后想想,询问台版,询问盗版,不停换书,也觉得这件事挺奇怪的。另外最大的疑点就是《急电:北方四岛的呼叫》和《惊吓馆事件》,推理迷应该知道我在疑惑什么。

2023 年 2 月 5 日 星期日

今天我遭遇了一起真实的密室谜案。事情是这样的,早上去书店开门的时候,发现有个快递在玻璃门内,但昨夜我关店时,明明没有这个快递箱子!!!我当时就惊呆了。难道快递小哥会穿墙术?不可能啊!门把手上的 U 形锁也没有被撬开的痕迹。难道快递小哥知道我是推理作家,故意制造这起"不可能送货"事件来挑战我？不会啊,这也太中二了吧？我百思不得其解,最后,还是名侦探"摄像头"为我揭开了谜底。原来,他是从门缝中把快递塞进书店的,尽管双开门用 U 形锁扣住,但用力推的话,就会出现一道很宽的缝隙,这是谜芸馆的"犹大之窗"啊!

2023 年 2 月 12 日　星期日

昨天在书店发生了一件有趣的事。两点左右的时候,一个女孩子进了书店,过了半小时,又有个男孩跑进来,拍了拍正在理书的华斯比老师的肩膀,很严肃地对他说:"是不是你？"华佬很诧异。对方接着拿出手机,是一个微信账号,又问:"是不是你？"华佬面露难色。那男孩发现不对劲,恐怕是认错人了,于是走开。女孩拿起手机张望了一圈,跑到男孩边上搭话,两人相认,并聊了起来。他们的话题几乎都和推理小说有关,多是男孩在发表看法,女孩安静地聆听。我只听到他说:"我不买欧美和国产推理,因为这样会破坏藏书的整体性。"六十平方米不到的小书店,两个人逛了有一个小时。最后女孩买了两本小说。结账时我问她："网友见面吗？"她说是。我好奇地问："你都没告诉他你是女孩吗？"她笑了笑。店外下着细密的小雨，两人打着伞，肩并肩离开了书店，我想这天他们应该都很满意。

2023 年 3 月 11 日　星期六

再遇书店"日常之谜"。刚刚店里来了个男人，把衣服和书包扔到椅子上，接着弯腰开始把每本书从书架上抽出来看，每本书，抽出来，看，从一楼看到二楼，再从二楼看到一楼。神奇的是，有的书不只抽出来看一次，而是反复抽出来看，仿佛记忆只能维持七秒。这样的行为持续了两三个小时，从白天到黑夜。中间不时拿出手机按几下。最后估计是累了，穿上衣服走了。我很想知道他这是干吗？我有点害怕。

2023 年 4 月 7 日　星期五

刚刚有个女孩来逛书店，问我能不能推荐一本适合入门读者看的推理小说。她表示看的不多，福尔摩斯和阿加莎的书都读过一点。我问她为什么会想看推理小说呢？她说因为男朋友是推理迷，想和他能多一点共同话题。我想，能有这样的女朋友，这个男孩真是太幸福了。于是，我推荐了《爱的成人式》和《绝叫》给她。

2023 年 4 月 19 日　星期三

刚刚和帕帕在聊天，忽然书店走进两个女孩，其中一个长得很漂亮的小姑娘看着我俩，问谁是店主。我抢先举手。小姑娘很激动地说："我男朋友是你的读者。"我放下了手。她继续说："买您的书能不能签个名？我想给他个惊喜。可以挑两本您满意的作品吗？"我挑了《黑曜馆事件》和《侠盗的遗产》给她。买完书后合了影，小姑娘开心地走了。我对帕帕说："我本来想签'你女朋友真好'，但转念一想，似乎有歧义，就没写。"帕帕说："对。"我说："真羡慕她男朋友啊，多好的女友。"帕帕说："对。"如果这条微博有幸被这位读者看到，希望你珍惜这样的女朋友，祝你们幸福快乐！

2023 年 4 月 21 日　星期五

今天书店来了位顾客，结账时忽然从书包里掏出一本书，说是她自己写的。问了下年龄，说是 2004 年生人，这么年轻就能写长篇，真是后生可畏啊！这部长篇刊登在《金山》杂志（镇江市文学艺术研究院与中国微型小说学会）的增刊上，小说名是《伊藤佐里探案》，向大家推荐一下。希望有兴趣从事推理创作的年轻人越来越多！

2023 年 5 月 1 日　星期一

今天孙沁文老师在店里值日，等了半天终于有顾客过来询问："有没有陈浩南的小说？"孙沁文老师人都傻了。顾客又重复了一遍，是陈浩南没错。孙沁文老师说："有没有一种可能，他叫陈浩基？"顾客恍然大悟道："对，对，基！"然后孙沁文老师推荐了《气球人》《第欧根尼变奏曲》和《网内人》。顾客说："好，好。"然后买了一本岛田庄司的《鸟居密室》。

2023 年 5 月 2 日　星期二

最近我发现了一些应对无聊或挑衅提问的小技

巧，在这里分享给大家。比如之前有个中年男人在书店里闲逛，忽然拿起橱窗里的"骷髅头"把玩，问我："老板，这是真的假的啊？"我诚恳地说："是真的。"他白了我一眼，悻悻而去。还有前天，书店门口陈列了实景谜题，有位青年男顾客因解谜失败而狂怒，冲到我身边很凶地质问我："你们的谜题肯定是出错了！对不对？"我表示赞同："是出错了。"他呆在原地，半天说不出话来。所有愚蠢无礼寻你开心的提问，只要顺着他说，就可以让他无话可说。

2023 年 5 月 3 日　星期三

　　今天书店里发生了一件令人有些后怕的事情，起因是这样的。昨天，有一位男性顾客来书店，说自己是外地来沪旅游的推理迷，简单交谈后我就去招待其他客人了。大约一个小时后，他与另一位女士一起搭车离开，因为昨天店里人多，我没太注意，所以下意识认为他们应该是认识的。但是今天这位客人又来到书店，从下午三点开始，与数位来店里的女顾客攀谈，人家走到哪里，他跟到哪里。我对帕帕说："这男的好像有点问题。"帕帕说："对。"我说："如果他跟踪女顾客离开书店,我们就拦住他。"帕帕说:"好。"最后他拖住一个女学生聊了一小时,加了微信后一同离开书店。我觉得有点危险,于是跟了出去,发现女学生已离开,他还在周围徘徊,过了几分钟后才离开。后来我通过微信付款,与这位女顾客取得联系,把情况如实告知了她,得知她并未被跟踪才放下心来。同时也提醒各位女士,还是要注意隐私的保护和个人的安全,在不清楚对方身份的情况下,尽量保持安全距离,以免发生危险。

2023 年 5 月 4 日　星期四

昨天帕帕买了一本《五行塔事件》,我问他:"你不是说看过了吗?"帕帕说:"对。"我问:"那为什么你还要再买一本?"帕帕说:"因为我没有这本啊。"我问:"没有书,你拿什么看的?"帕帕说:"电子版。"我纠正道:"是盗版吧?"帕帕说:"对。"蛮理直气壮的。

2023 年 5 月 8 日　星期一

今天书店来了位男性顾客,在书店逛了好久,买了本青崎有吾的小说，结账时和我搭话，问："您就是时晨老师吧？"我客气道："不是老师，叫我小时就行。"他很惊讶，说："第一次见到活的作家！"然后表达了对推理作家的敬仰。我们聊了很多，临走时他表示以后有空的话，可以上网看一看我的小说，以前从来不读中国人写的推理。我很感动。

2023 年 5 月 18 日　星期四

今天孙沁文老师问我："有一部罗纳尔多演的《华尔街之狼》你看过吗？"我说："没有。"

2023 年 5 月 20 日　星期六

今天和大家分享一个"日常之谜"，是真实的事件。谜芸馆书店门口停了一辆白色凯迪拉克 SUV，这辆车已经在这个车位停了有一个多月了。因为车轮的方向没变，所以我确定它没开走过。今天发现车尾有不明的暗红色液体，于是身为推理小说迷，不禁有些浮想联翩。车主为何一个多月不来动车？是故意将车停在这里，还是无法亲自前来开车？如果是故意的，为了什么？占领这个车位是否可以达到某种目的？如果不是故意的，那他是失去行动能力了吗？我真的很好奇，感觉比书店门口设置的实景谜题更有挑战性。

2023 年 5 月 25 日　星期四

连续三天书店连个鬼影都看不见，今天夜里好不容易盼来个客人，结果是来盖章的。最近不知道哪里推荐，集章的人突然多了，不过基本上都是盖完章就走，在店里停留的时间不会超过一分钟。之前有个老爷叔来盖章，拿出一沓纸，盖了二三十个。行为之古怪，简直像推理小说中的"日常之谜"。我很好奇地问他："你在干吗？"他说："哈哈！兴趣！哈哈！兴趣！"忽然发现书店印章的油墨没了，明天要买点。

2023 年 6 月 10 日　星期六

和画家苟震凯老师合作的"推理美术馆"展览，今天在谜芸馆拉开了序幕。

这次是由苟震凯老师执笔，绘出了数十位推理作家及其笔下侦探的肖像，在谜芸馆展览。让各位读者在阅读推理小说的同时，也能一睹作家与侦探的风采！

我与荀震凯老师最初相识是在孤岛书店。时间过去太久，我已记不清那天是否下雨，但荀先生和他朋友走进书店时，手里确实拿着一把长柄雨伞。他戴着眼镜，穿着一件大衣，告诉我他是一位画家，而且很爱读推理小说。来光顾书店的作家不少，但艺术家却很罕见，出于好奇心，我便和他聊了起来。

那天谈话的具体内容，在我记忆中也已模糊，但我却清晰地记得他临走时对我说的话。荀先生说，有机会的话，我们可以合作。至于合作什么，并没有细谈。

孤岛书店营业的最后一天，荀先生再次来访，这一回，他还给我带了一份礼物——埃勒里·奎因兄弟的肖像画。这让我非常惊喜。他得知我很喜爱奎因兄弟的推理小说，便亲自绘制了这幅珍贵的画作。不过那时倒是觉得可惜，如果这幅画早点送来，就可以挂在书店的墙上，供推理迷们欣赏。挂着侦探小说家肖像画的书店，感觉一定非常不错。

这个想法像种子一样深埋在我心底。

谜芸馆开业后，荀先生来店里探望，我便把这个想法说了出来——不如我们一起搞一场以推理小说为主题的画展！他听完后，毫不犹豫地答应下来。我们商议，这次肖像画的主角，可以是推理作家，也可以是推理作家笔下的侦探，只要是和推理小说有关的人物都行。

说干就干，在我们商谈完没多久，荀先生就交出了数十幅油画。

终于在今天，这些画作得以展出，圆了我心中的一个梦想，希望大家能够喜欢！

2023 年 6 月 12 日　星期一

"哇！这里有个推理小说书店！"

"真有趣！"

"这里的书还蛮全的呢！"

"是的！好酷啊！"

"你要不要买一本呢？"

"推理小说看过一遍就不会看第二遍了，还是不买了，网上看好了。"

"走吧！"

2023 年 6 月 14 日　星期三

这边声明一下,免得很多朋友误会。我在公众号留的邮箱是用来招聘书店兼职店员的,所以求求大家别再给这个邮箱投稿了啊啊啊啊!!我是个作者,谜芸馆是个书店,不是出版社也不是图书出版公司,给我投稿没用啊!我也不能帮你出版,所以正确的做法是给出版社和出版公司的编辑投稿。谢谢大家配合。

2023 年 7 月 15 日　星期六

今天有个顾客买了本三津田信三的《首无作祟之物》,然后问我:"听说你是个推理作家?"帕帕在边上说:"对。"然后他说:"能要个签名吗?"我说:"可以啊。"于是他把三津田的书递给我,让我签上面。我解释说:"这个是别人的书,我不太好签,因为扉页只属于作者或者译者,编者也行。但我和这本书,实在没有关系,不好意思。"后来怕顾客不开心,我找了张白纸,给他签了。其实这种事已经发生过很多次了,前两天在店里还有人拿东野圭吾的书让我签,但是我还是坚持不能在别人的书上签名,算是对原作者的尊重吧。

2023 年 7 月 16 日　星期日

网友看了我昨天的微博，提醒我以后不要把签名签在白纸上，如果他在签名上方写下"时晨欠我一百万"怎么办？这个办法倒是不错，明天拿几张白纸给孙沁文老师签名。

2023 年 7 月 30 日　星期日

今天有位顾客在书店拿了一本书来到柜台，询问我这本书有没有折扣，我说没有折扣。他拿出手机打开某宝提示我网上是有折扣的，然后表示不理解。我告诉他实体店哪怕不算人工成本，还是要付店铺租金的，而且上海市区的沿街店铺租金非常昂贵。我还告诉他，我们这种小型书店进货的价格，和他在网上购买价几乎一样，也就挣这个差价。用进货价卖的话，雷锋也不会这么干。他听完后说："啊，书店真的不容易啊！"然后就走了。走的时候让我一定要加油。

2023 年 8 月 5 日　星期六

昨天中午，来书店兼职的小伙伴发现停电了，叫来的物业电工说是空调外机出问题了。这个空调外机是历史遗留问题，非常之复杂。空调是上家租户留下的，当初为了节约开支，我觉得能用就没换，花一点钱修整了一下，就这样用了好几个月。结果隔壁店铺租出去后，发现我们的空调外机是装在人家招牌里面的。

那为什么不是装在我们自己里面呢？

因为谜芸馆店铺招牌里面是实心的——是不是很奇幻？可能是当初为了承重，所以没法装里面，装外面的话，开发商、物业、街道都不让，说没这个先例，所有租户的空调外机都要装招牌后面，或者装到店铺后面，也就是后边的小区里（这里提一句，谜芸馆店铺后面是房间，所以外机也没法直接装在小区里，要打通这个房间的话，会导致外机管道过长），这是规定。所以我估计上一家租户就和隔壁商量，把外机装隔壁招牌里了。结果现在人家要重新装修，我想着空调外机得移出来，毕竟装人家里面，人家要做全密封，那外机无法散热是要烧掉的。

但是沟通结果是不能摆外面，怎么办？

和隔壁租户沟通，说要不给留个孔，我装个风扇，每次开空调都要开这个风扇散外机的热。隔壁同意，于是我又花了八百块装了个风扇。这次发现风扇和外机都烧了，因为温度实在太高了，放个鸡蛋进去，五秒钟就熟了，人钻进去，半分钟就没了。实在没办法，于是把开发商、工程部、物业的人都找来沟通。装隔壁招牌里，试过了，外机烧了，现在剩下两条路，第一条是拉个几万米的管道，穿过几万个房间，装店铺后面的墙上（也就是小区里），第二条是外机摆我自己店铺外面。

任何人，只要智商及格，都会选择第二条。而且我也承诺，外机外面我可以再罩个罩子弄一下，不会影响市容。他们说："也不是不行，你先让设计给个效果图我们审，审好之后，拿去给城管审核，通过就再放外面。不过，说不定还会有人来找你麻烦，到时候还是要让你搬走。"我问："那么，城管在哪里？我拿效果图去找哪个办公室？"他们说："不知道啊。"我知道没戏了。我就实在想不明白：为啥，不能，放外面？

反正就是不能。

最后我只能再花一笔钱，重新买个新空调，贴着墙壁，拉一条比长江还长的管道，穿过世界上所有的房间，装外机。我很无奈。因为不是我的责任，却浪费了时间和金钱，但我没有任何办法，能做的就是半夜来微博抱怨两句。实在徒劳！空调最快明天到，就算后天装，恐怕还要忍受两天高温天气没有冷气的折磨，书店的生意也会受到影响，但是怎么办呢？

没办法，真的苦。

2023 年 8 月 6 日　星期日

二楼业主不让装空调外机，门口也不让放，找负责人说再协商，工程部说找物业，物业说找业主商量，一个循环。热得客人来一个走一个，一天一单生意都没有，感觉离倒闭又近了一步。

2023 年 8 月 7 日　星期一

收到一块巨大的冰块，原来是反姐看到我微博后，从网上帮我订的。感谢反姐，下午就靠这个续命了！

2023 年 8 月 8 日　星期二

搞了一个星期的空调事件终于解决了，新空调也装上了，欢迎大家来谜芸馆纳凉！中午见孙沁文老师在朋友圈晒焓饼，也叫了一份，味道怎么说呢，有点东西，但不多……

2023 年 8 月 9 日　星期三

又遇到了一件"日常之谜"。大家都知道，谜芸馆有一个微信公众号，就叫"谜芸馆"，通常我会在上面发布一些线下活动的信息。然后，发生了一件很奇怪的事情，不停有人私信公众号要"解压密码"。于是有一次我忍不住就问："什么解压密码？"对方也不回复。然而每隔一段时间，都有人发来"解压密码"四个字。有没有谁能告诉我，这是怎么回事？

2023 年 9 月 4 日　星期一

今天，来了位哥们，进来就问："老板，《黄色房间的秘密》有吗？"我说："有的，在这里。"他又问："那《雪人》这本呢？"我说："在这里。"他叹道："果然很全啊。"然后就走了。我不理解，只能宽慰自己，大概他只是单纯地喜欢提问。

2023 年 9 月 13 日　星期三

不知道为什么，最近心情一直比较低落，可能和近期工作上许多事情不顺有关。一天都昏昏沉沉的，直到下午收到一个快递。怎么说呢，有时候你会觉得自己是个废物，觉得人生灰暗没有出路，可当你发现有人还在关心你的时候，就像布满阴云的天空中忽然出现了一道阳光。感谢伞姐送的礼物！

2023 年 10 月 21 日　星期六

好久没给大家汇报书店的情况了。随着热度退却，谜芸馆的营业额也稳步下跌，终于在这周到达了谷底。一周中大概有四天营业额是 0，如果按照这个情况持续下去，估计撑不过这个春节。但是目前还有三个月房租的押金，所以如果想要关店的话，必须把三个月的房租送给房东，真的是进退维谷。目前主要靠每周末活动的门票费和网店的生意，但其实除了偶尔几个作者，周末讲座的活动参加者也逐步减少，网店的生意也是。大概死亡就是一个缓慢的过程吧，眼见它慢慢腐烂却无能为力。也许书店死亡无法挽回，靠我那些微薄的稿酬，恐怕也没有扶大厦之将倾的能力。我只希望这一天来得再晚一点。

2023 年 11 月 11 日　星期六

从开门到现在已经第三位了。在店门口的"书店简介"立牌前停下脚步，开始大声朗读上面的文字："谜芸馆是一家推理小说专门书店，前身是南昌路孤岛书店巴拉巴拉……"读完之后很惊讶地说"竟然还有这种书店""太有趣了吧"，然后就离开了，最后也没有进门。

2023 年 11 月 14 日　星期二

唉，最近天气渐冷，连续好几天都没人来店里，感觉撑不了几个月了。愁。

2023 年 11 月 23 日　星期四

中午和董哥、马伯庸老师小聚，得亲王写给谜芸馆的寄语——"活下去！"哈哈，我们一定尽力！

为逃艺馆

活下去！！

2023.11

2023 年 11 月 25 日　星期六

深夜和华斯比老师聊天，谈及目前出版原创推理小说的情况，他不住嗟叹。说句实话，目前国内愿意推新人的出版社非常少，寥寥数家，大部分都是亏本在做。出版之后，还是会有大量新人作品被无视，被抵制，被劝退，导致更多出版方望而却步。吃力不讨好的事情，谁愿意做呢？财大气粗的出版方直接购买国外版权，很多作品在 B 站上已经被当成"神作"被各路 up 主一遍一遍推荐，还省了一大笔营销费用，一上来就卖爆。就好比足球俱乐部斥巨资花时间自己组建青训队，不如直接购买豪门大牌，即插即用。但这也会导致更多国内有志向从事推理写作的新人的出道平台越来越少。华斯比老师从前自掏腰包搞新人奖，现在编的《谜托邦》推理主题 MOOK 也一直在推荐新人，让他们的作品给更多人看到。我是很佩服的。但情况如果没有好转，恐怕这种热情，也不会持续太久。现实总是一次次打败理想，都习惯了。

2023 年 11 月 26 日　星期日

刚才三个女生进店，然后很欢乐地在谈论推理小说，并表示这个店很有趣。其中一个说："最厉害的就是白井智之了，要看《大象头》吗？我推给你。"这令我蛮惊讶的，因为感觉圈外人都知道这本书。日本人可能都没中国人知道，这个传播力度我感觉离不开 B 站 up 主们的努力，致力于将小众变成大众。然后她们其中一个人说："好想买书啊。"另一个女孩说："那就买啊，不买它怎么活下去？"她说的时候指着马伯庸给我的那幅签名，上面写着"谜芸馆，活下去！"。女孩表示不买，回答说："还是让热爱推理的人让它活下去吧。"

2023 年 12 月 16 日　星期六

今晚的讲座活动圆满落幕，感谢主讲人董凤卫老师给我们带来的优秀内容，感谢前来捧场的亲朋好友。马伯庸老师作为神秘嘉宾出席，现场秒变亲王签售会，伏玟晓老师的鲜花让董哥笑得合不拢嘴。圆满的一天！

2023 年 12 月 20 日　星期三

有朋友问我,谜芸馆会开到几时？以现在这种情况，恐怕撑不到合同到期了。现在的情况比孤岛书店时期更糟糕，周末也几乎没有生意。合同是到明年 11 月份，合同到期之后应该不会继续租下去（现在的租金对书店来说,还是太昂贵了）。比较悲观的情况是，如果计算下来合适，就打算赔付违约金，少亏损一点，这家书店可能还剩一两个月的寿命。

2024 年 1 月 8 日　星期一

今天在谜芸馆发生了一件灵异事件。下午的时候，店里来了三位从无锡来的顾客，在她们买完书准备离开时，其中一位提议用拍立得拍张合照留念。拍照的时候，怪事就发生了。我们拍的合照都是很黑很暗的，但拍单人的就很明亮。拍了好几张都是如此。后来我发现拍竖照都是亮的，横照都是暗的。我本以为是相机设置如此，但机主却说平时并不这样。到底为什么，现在都还想不明白。有人知道原因吗？

2024 年 1 月 11 日　星期四

今天去北京，家里老人帮忙看店，结果卖掉一套共三册的《福尔摩斯探案全集诺顿注释本》第二卷，三本标价各不相同，加起来一共 186 元，结果因为书是塑封起来的，所以只看到最后一册的定价 65 元，就以 65 元的价格卖了。这套书进货价也要一百多，所以亏了五十多。这事我也不好责怪谁，就算了。建议以后这种三册书要么别塑封在一起，要么就在外面贴个总价的标签。今天营业额又是负数。

2024 年 1 月 22 日　星期一

事情的经过是这样的。书店预定的马克杯今天到货了，杯身图案是以古典侦探小说书脊排列的，拿到手里感觉很不错。于是，我迫不及待地点了一杯咖啡，然后使用起了这个马克杯，并拍了几张照片准备上传网店，勾引读者们购买。照片拍完之后，忙碌了一下午的我打开电脑，在读者群和读者们闲聊，看见孙沁文老师不要脸地让我送他一个，我正准备辱骂他的时候，脑子里忽然闪过一个念头——厂家有没有在杯底印谜芸馆的 logo？为了印这个 logo 我还加了钱，所以必须核实一下！于是，我鬼使神差地，将装满咖啡的杯子，转了个圈，去看杯底的 logo。结果就是，热咖啡全部洒在桌上和我的裤腿上……现在我整个人都是咖啡味的。直到现在，我还无法相信，我竟然会做出这样愚蠢的事情。

2024 年 2 月 16 日　星期五

昨天来了一位顾客，是资深的阿加莎·克里斯蒂书迷，我们交流之后她拿出一本自己制作的手账，我看完直接惊呆！不论从制作工艺还是内容细节都非常棒，很多阿婆小说中的细节都被一一呈现，甚至有些页面还还原了立体的谋杀现场的房间。如果没有精读阿婆的小说，是做不出这样的手账的，真正的克里斯蒂专家！我当即拍了几张照片，说要分享给大家看看。微博发图片数量有限，无法全面展示手账的内容。这位老师是落雨江南老师，在 B 站也有详细的视频，账号名为"落雨江南 sh"，对阿婆和立体书有兴趣的朋友可以关注一下！

2024 年 3 月 12 日　星期二

　　刚才又有一位读者来书店和我聊天，不可避免地又谈起了国推。他也想尝试创作推理小说，可苦于发表平台很少，对新人不友好，于是向我询问原因。这让我想起一个我曾反复讲过的故事。在此之前，也有一位有创作想法的资深推理迷和我聊过这个话题，觉得发表平台少，从前的推理杂志消失了，很多出版社也不出原创推理，尤其是本格推理作品。我问他你一年大约读多少推理，他说 60 本左右，我说那你算是非常资深的推理迷了，他说只要是新出的本格推理基本上都会看。我又问他，那在这 60 本推理小说里，国推占了多少？他犹豫了一下，然后说自己不看国推。我说，像你这样的核心消费者都不看国推，那谁还会看呢？没人看，自然就没有人愿意去出这种小说了。

　　经营书店至今，我发现不少读者都有一个误区，认为推理小说是小众。其实并不是，国推和欧美推理才是小众，日系推理非常畅销。不拿东野圭吾说事，像三津田信三、大山诚一郎、青崎有吾等本格推理作家都卖得不错，销量甚至数十万册，更别说最近火热的白井智之，好几次卖断货，火爆到进货都进不到。近些年日系推理出版井喷，和十年前不可同日而语，而且阅读市场就这么大，国推不如十年前是很正常的。正如贴吧里一位读者所言——日系我都看不过来，还看国推？

懂市场的朋友都知道，卖书，营销是很重要的，甚至比内容还重要。这些年在B站也涌现出大量的推理up主，不遗余力地推广日系推理，而国推的推荐，相比之下，却寥寥无几。当然，国推的问题，或许有创作者作品质量的问题，破窗效应的影响，但以上问题存不存在呢？也许大家怕被喷，所以没人敢说。

之前还听到过一种论调，说现在的国推出版资源被一些作者把持，所以新人出不了头，所以没好作品。这些国推作家能力不行，我上我行。但你有没有想过，或许就是这些国推作者，书出版之后出版社还能勉强不亏，而出新人作品风险极大，或许就会让出版方血本无归。那这一切是谁造成的呢？是新人不行，还是新人的作品根本就没有问世的机会呢？

当然，发这篇文字并不是为了抱怨，毕竟我还能一直出版作品，而更多怀揣创作梦想的新人呢？我的目的，是希望我们自己国家的推理创作能更好一点，出版环境也能更友善一点。让国推作者赚到钱，也让出版国推的出版方赚到钱，别说到国推就"都是垃圾"，说到日推就"彼岸的诸神"。我也没有那么伟大，国推发展得好，我也是受益者，可以赚点钱，可以让更多人读到我的作品。

去年程小青先生诞辰130周年，我在书店举办了一场纪念活动，将程小青先生的曾孙女程彦女士邀请到谜芸馆做活动。程小青先生诞辰，网上一片寂静，这让我心里总有些落寞。正如前几天我接受上海电视台采访时说的话——许多推理迷将江户川乱步、甲贺三郎、横沟正史这些名字挂在嘴边，侃侃而谈的时候，也许都遗忘了"中国侦探小说之父"的姓名。

2024年3月30日　星期六

谜芸馆门口的樱花开了。

2024 年 3 月 31 日　星期日

书店的鸟尊模型前哪位放了一枚铜钱？感觉可以用这个谜团来创作一篇"日常之谜"了。

2024 年 4 月 13 日　星期六

著名科幻作家韩松老师来沪拍纪录片,特别来了趟谜芸馆,真是意外之喜！还记得在四年前和韩松老师在朵云书店一起参加过讲座, 当时就被老师的观点和魅力折服,后来老师还为《侠盗的遗产》写过长评, 文中的赞誉看得我既开心又汗颜。这次还很荣幸地请韩松老师为谜芸馆写了赠言！感谢老师一直以来的支持！

2024 年 5 月 2 日　星期四

感谢荷午老师在日本向岛田庄司老师介绍了谜芸馆, 也感谢岛田老师给谜芸馆的赠言！

2024 年 5 月 10 日　星期五

午饭时在 B 站看到一位做本格推理视频的 up 主在吐槽没什么主题可做了,该推荐的作品都推荐过

谜芸馆是我心目中
最了不起的、最有
激情和想象力的
书店. 希望能多来,
希望它指引我实现
梦想! 韩松 2024年
4月13日

岛田庄司赠言：You make a living by what you get, you make a life by what you give.（你靠得到的东西谋生，你靠给予的东西生活。——温斯顿·丘吉尔）

了，感觉也没啥动力了。评论区有许多朋友给他支着儿，叫他换赛道，做做其他类型小说的视频；也有评论说日本欧美的杰作就这么多，讲完确实也没啥好说了；其中有一条评论引起我的注意，意思是可以说说各大高校推理社刊，但立刻有人说，国内出版作品都没人看，更别说社刊了。

不知道大家注意到没有，除了最后一条回复，几乎所有回复都把"国推"非常自然地下意识地屏蔽了，仿佛这个"玩意儿"不在讨论范围之内。这才是最可怕的。前两天和两位大学推理社的同学聊天，他们都是喜欢推理小说，也投身于创作的年轻人，饱读各国推理作品，但自己写的小说却无处可以发表。想起我们那个时候，还有许多推理杂志可以登稿，运气确实比现在的年轻人要好得多。

遥想二十年前，在"推理之门"上踌躇满志的写手们，以欧美、日本推理的前辈为师，试图用创作让中国推理崛起。如果说那时候我们是"学生"，经过这些年一批一批作者的共同创作，国推现在恐怕连"校门"都进不了了。

这让我又想起了一件事。之前有媒体来谜芸馆采访，在结尾时希望我谈谈对中国推理未来的看法。我说："中国推理要完蛋了。"记者说："时老师，可以换一种说法吗？我们这个是要播出的。"我说："好的，中国推理加油！"

2024 年 6 月 16 日　星期日

时老师去超市买东西，我帮他看店。

一个读者跑过来："时晨老师你好，你们这里有《×××》（书名）吗？"

我："这本绝版了，我不是时晨老师，他出去了，一会儿回来。"

他："好的，时晨老师。"

过了五分钟，时晨回来了，我对那位读者说："这位才是时晨老师。"

他："哦哦，你好，时晨老师。"

在店里待了一小时后，这位读者朋友又跑过来对我说："你好，时晨老师，我想问一下……"

（此篇为孙沁文老师代写。）

2024 年 7 月 4 日　星期四

请问，书架上这个一滴都不剩的奶茶杯，是哪位老板留下的？

2024 年 7 月 5 日　星期五

昨天下午书店只进来两个人。一个问我："音像店怎么走？"一个问我："能不能在这里扔个垃圾？"

2024 年 7 月 6 日　星期六

今天连来丢垃圾的人都没了。

2024 年 7 月 14 日　星期日

经过反复考虑和纠结，在此向大家宣布一个决定：如无意外，谜芸馆将于 10 月份租约期满之际，正式闭店歇业。

具体时间确定之后，我会通知大家。这家店还剩下两个月寿命，想来看的朋友，还可以再来见它最后一面。至于将来会不会再开，我答应各位，等时机成熟，条件允许，我一定会再把谜芸馆开起来。因为我深知这片小小的天地，不仅是我心血的结晶，更是众多推理迷心中的一片净土，记录了他们无数美好的阅读时光。

这两年经营书店也确实影响了写作，导致一些原本计划中的作品未能如期面世。接下来我准备休息一段时间，把手里的小说完成，从一个书店经营者，回归一个作家的身份。

最后，衷心感谢每一位一直以来陪伴和支持谜芸馆的朋友，是你们的热情与鼓励，让这段旅程充满了意义。在此，我向你们致以最深的敬意与感激，鞠躬致谢。

2024 年 7 月 15 日　星期一

刚才推门进来一个男生，问我："这里有没有《前男友的遗书》？"我说："有啊。"然后拿给了他。他接过书，问我："这书可以看吗？"我说："可以啊，有眼睛就可以看。"然后他推开门骑着自行车就走了。

2024 年 7 月 29 日　星期一

这几天风很大，书店门口有一位帅哥头顶上的"天灵盖"突然被掀开了，我直接看呆。然后，又见他速度飞快地把"天灵盖"按了回去。我："？？？"朋友告诉我，那个叫"假发片"。

2024 年 7 月 31 日　星期三

刚才有位顾客一脸坏笑地给我看他手机，问："这本书有卖吗？"手机屏幕显示着一本书的封面，书名叫《悬疑故事写作指南》，下面配了一行宣传语——想成为下一个时晨？一本书教会你创作推理！我："？？？"

2024 年 8 月 5 日　星期一

伪神乐队来谜芸馆做了场直播活动，并且带来了新专辑《深影·东晚》。很荣幸我也受邀参与了这张专辑的制作，为它撰写了一篇推理小说，小子还献声录制了一段旁白。"东晚"是我新作《虫神山事件》中一位司乐之神，我将它放到了《侠盗的遗产》中民国背景下，并让邵探长再次出马，解决了这起神秘的"音乐家连环杀人案"，也算是《侦探往事》系列的番外篇吧！不论如何，这段经历对我来说都十分新奇且有趣。接下来伪神乐队的巡演，也请大家继续支持！

2024 年 8 月 7 日　星期三

今天在书店里遇到了一对日本夫妇，他们拿着《枉死城事件》来找我签名，还买了好几本我的小说，这让我十分惊讶！交流后才知道，这两位老师是大学的教授夫妇，笔名"绪方茗苞"，陈渐老师的《大唐泥犁狱》日文版就是两位老师翻译的。老师还说目前中国推理在日本也渐渐受到了关注，并夸奖了我的作品。很愉快的一次交流，期待下次有缘再见！

2024 年 8 月 9 日　星期五

由林佛儿先生创办于 1984 年的台湾《推理》杂志复刊了，停刊 16 年还能复活，而且还是在如今"纸媒黄昏"的时代，真是奇迹。拿到杂志，粗略翻阅了一下，其中比较吸引我的是台湾推理作家的对谈内容，其中老中青三代作者（叶桑、既晴、李柏青）的访谈不由让人感慨"传承"的重要性。

2024 年 8 月 22 日　星期四

店里来了一位天津来的顾客，张先生，说很喜欢我的"陈燔"系列，尤其是《枉死城事件》。我们相谈甚欢，话题从《侦探往事》一路延伸到了不同地域人们的性格特点。临别时，张先生选购了一本书，并大方地付了两百元。我要找他钱，却被拒绝了。他说希望我知道，总会有人用实际行动支持我。

2024 年 9 月 15 日　星期日

昨天下午谜芸馆来了一群朋友，大家围着桌子聊天。聊了一阵，有位年轻的朋友叹了口气，神情略显沮丧。孙沁文老师忙问其故。朋友说："谜芸馆怎么像少林寺一样，一个女孩子都没有？"

2024 年 10 月 3 日　星期四

给大家推荐两部最近看的印度悬疑片:《因果报应》和《杰伊·比姆》。前一部从"日常之谜"入手，悬疑感拉满，到最后的翻转都十分精彩；后者则是一部法庭推理故事，由真人真事改编的一起冤案，其中几段逻辑流十分精彩。最重要的是，两部电影的立意都很棒，很能揭露印度社会的问题，看完之后，你会发现他们真的在反思一些事情。希望我们也能拍出这样的悬疑电影。

2024 年 10 月 30 日　星期三

地铁站口，有个女孩在卖一本诗集，是她自己写的。我走进地铁站，想了想，又走了回去，买了这本诗集，请她给我签名。她向我道谢，其实该去感谢的人应该是我。因为我们在做同样的事。诗集的名字叫《我依恋的是事物中的我们》，作者米绿意。

2024 年 11 月 26 日　星期二

在今年 7 月，我们曾遗憾地发布了谜芸馆预计于年终歇业的预告。此消息一出，便引发了各界深切关注与不舍，大家纷纷表达了希望谜芸馆能够继续的殷切期望，并各自以实际行动为之努力斡旋。幸而，在杨浦区五角场街道和创智天地的帮助下，我们这艘承载着推理梦想的航船得以避过风浪，继续扬帆，继续给推理读者提供一方交流的天地。感谢各位领导的关心，感谢媒体朋友的报道，感谢所有支持谜芸馆的顾客和朋友们！期待与您共赴更加精彩的推理之旅！

2024年11月27日　星期三

感谢创智天地赠送的谜芸馆新布景（做了一个和英国伦敦贝克街221B1:1大小的大门，歇洛克·福尔摩斯的家），我们把贝克街221B搬到伟德路啦，欢迎光临伟德路221B打卡拍照！

2024 年 12 月 13 日　星期五

今天布置了谜芸馆圣诞节主题推理专区。书单如下:《波洛圣诞探案记》《鸟居密室》《羔羊们的平安夜》《雪地上的女尸》《圣诞彩蛋谜案》《圣诞老人疑案》《数学侦探:圣诞前夜的惊天魔盗》《圣诞妈妈》《斜屋犯罪》等。想在圣诞节找点刺激吗?来谜芸馆读推理小说吧!

2024 年 12 月 24 日　星期二

欢迎大家关注谜芸馆的小红书账号"推理书店谜芸馆"!

2025 年 1 月 9 日　星期四

刚才书店来了一位高中语文老师,她和我说很关注谜芸馆的榜单,尤其是国内推理榜单,去年也在榜单上遇见了许多好书,希望我们能持续做下去。不过她对现在学生不爱看书表示很遗憾,还和我聊到贝客邦与拟南芥两位老师的作品。临走时她买了两本书,对我说:"因为家里书放不下,所以很少买实体书,网上白嫖了很多,今天是来补票的。"我想说其实买不买实体书，每个人的情况不同，真的不必强求，但能够一直关注推理，尤其是关注国内推理小说的创作，我觉得就很难得了。正因为有那么多默默在背后支持的人，我相信实体书店和原创推理一定会好起来，希望那天不会太晚。

　　这一章节，悉数收录了我自2021年年中至2025年年初，在新浪微博上连载的"谜芸馆书店日记"的内容，基本保持原貌，未作大幅改动。

　　其中吐槽占据了相当的篇幅，同时也穿插了我对某些事物的看法和思考。其中不乏不合时宜的情绪化的表达，但我选择原汁原味地保留下来。对于一直关注我微博的读者而言，这些内容应该早就看过。

　　然而，鉴于我的微博设置了半年可见的限制，许多往日的篇章已不可查询，新读者想要看就比较难了。因此，借着这册小书问世的契机，我将这些日记附录于此。"谜芸馆书店日记"将伴随着书店的成长，直至关门那天，都会持续更新，继续将发生在书店里有趣的人和事分享给大家。

　　我的新浪微博账号叫"时晨1987"，有兴趣的读者可以关注。

美术馆名画被盗事件

附录

我曾应外滩 BFC 阅外滩书店主理人杨耕宇的邀请，以谜芸馆的名义与之共同策划过一起"美术馆名画被盗事件"的沉浸式展览。那次展览不仅将画家苟震凯先生所绘的"作家与侦探"肖像画展出，我还特意撰写了一篇结合现场环境的推理小谜题。

　　当时我参与了现场的布置，展览时间为 2023 年 10 月 8 日至 10 月 31 日。最后一天，我与苟震凯先生一同参加了最后一天的解谜活动，当众揭晓了谜题的答案。

　　类似这样的活动，我曾经在谜芸馆门口也搞过一次，吸引了不少路人驻足观看并参与解谜，不少顾客也觉得很有趣。所以在这里，我也把当时的谜题附上（包括平面图），请大家一起来猜一猜，"凶手"是谁？

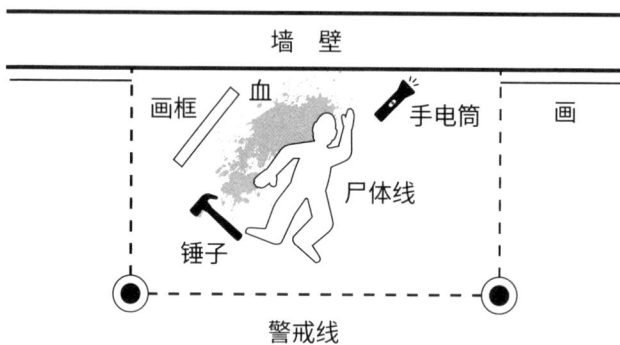

墙　壁

画框　血　手电筒　画

锤子　尸体线

警戒线

问题篇

万圣节前夕，阅外滩美术馆展出的作品中，有一幅名为《名侦探的肖像》的知名画作被盗，同时美术馆的安保巴纳比被杀。不过现场也留下了可疑的痕迹。警察来到现场后发现，被害人巴纳比（39岁，男性）是被人从身后用铁锤敲击头部，导致头骨骨裂而死，死亡时间在夜里21点至23点之间，尸体头部边上的血迹呈喷射状，说明凶手曾在死者倒下后，继续敲打其头部，致其死亡。同时，展出的名画《名侦探的肖像》被人从高处取下盗走，现场只留下空的画框。致被害人巴纳比死亡的铁锤并没有被带走，可经过警方鉴定，发现铁锤上没有任何指纹。除此之外，现场还有一件令人费解的事情——被害人在死之前，用最后的力气打开了手电筒，让光源向前方照射，同时伸出右手食指，指向前方。可前方却空无一物。这被认为是被害人留给警方的"死亡留言"。经过警方排查，发现在案发时，有四个嫌疑人尚留在美术馆中，他们分别是馆长霍克、维修工伯克莱、驻场画家布彻和清洁工赛耶斯。那么现在问题来了，在他们四个人中，究竟是谁杀死了巴纳比，又将名画《名侦探的肖像》带走的呢？

警方分别调查了他们四个人，得到了以下信息：

馆长 霍克

65岁，男性，案发时正在办公室看书，表示没有听到什么声音。不过他和被害人巴纳比确实有些不愉快，原因是巴纳比工作时非常懒散，好几次夜间巡逻工作都没有完成。霍克是个绅士，永远穿着他那件名牌西服，据说这是他最好的衣服。他有严重的鼻炎，对味道不是很敏感。他是狂热的艺术爱好者，也很喜欢吃甜食。

维修工 伯克莱

42岁，男性，案发时正在维修厕所，当时他发现自己工具箱里的铁锤不见了，哪里都找不到。结果警方发现案发现场杀死巴纳比的铁锤，正是伯克莱号称"丢失"的那一把。伯克莱是个粗人，表面上和被害人关系不错，可了解内情的人知道并非如此，伯克莱外面有一屁股赌债，还欠了巴纳比一笔钱。他非常需要钱。

画家 布彻

35岁，男性，身为驻馆艺术家，案发时他一直在美术馆的画室里作画，他是新生代画家，很有天赋，但却一直被世人忽视。他留着长发，穿着很随意，衣服上永远都沾着油画颜料。他曾和巴纳比因为布展的事情大吵了一架，但布彻表示这都是小事。而且巴纳比也很喜欢艺术，两个人经常聊天。

清洁工 赛耶斯

38岁，女性，一直穿着一次性的塑料外套。她抱怨这么大一个美术馆，竟然只有她一个清洁工，实在太不合理了！案发时她在另一个展馆清理地面，因为有人偷偷带了奶茶进展厅，弄得地上一塌糊涂，她还吐槽了自己的肩周炎，以及死去的巴纳比。尤其是巴纳比，常常会偷偷在展厅里抽烟，弄得地上都是烟灰，她表示巴纳比死得活该！

　　亲爱的读者朋友，线索都已给出，你能从他们四个中找出凶手吗？

如果你已经推理出凶手是谁，
请翻到下一页，查看"解答篇"

解答篇

凶手和小偷是画家布彻。

首先，先排除维修工伯克莱。理由是现场铁锤上的指纹被擦拭了。我们已知铁锤主人是维修工伯克莱，如果他是凶手，那么擦拭指纹的行为就显得多余，因为铁锤本来就是他的，没有必要去擦指纹。所以铁锤一定是别人丢在现场嫁祸于他的。

其次，排除馆长霍克，理由是案发现场的血液呈喷射状。血液呈喷射状，那么杀人时，血液一定会溅射到凶手身上，而霍克在美术馆时只有一套昂贵的西装，他从不换装，所以无法处理溅射到身上的血液。反而画家布彻可以用颜料掩盖血迹，而清洁工赛耶斯则有一次性塑料外套可以抵挡血迹。所以有凶手嫌疑的就剩下他们两个。

最后，排除清洁工赛耶斯，理由是肩周炎。她无法将画从高处摘下，因为肩周炎严重时，无法举起双手。此外，最重要的是被害人的"死亡留言"。

被害人在死之前，用最后的力气打开了手电筒，让光源向前方照射，同时伸出右手食指，指向前方。他模仿的是一幅名为《圣马太蒙召》的名画——从耶稣头顶射来一道强光，顺着耶稣伸出的手指，一直射向马太。这种运用聚光灯光影营造出戏剧效果的手法，被称为"暗色调主义"，其作者就是大名鼎鼎的画家卡拉瓦乔。

而画家卡拉瓦乔本人就是一个被通缉的杀人犯——画家即杀人犯。

后记

自谜芸馆揭幕以来，始终挣扎于生存的边缘。当然，这不仅仅是谜芸馆一家实体书店的问题，而是眼下大部分实体书店，都在面临的问题。这并非谜芸馆独有的困境，而是当下实体书店普遍面临的严峻考验。一方面，纸媒读者的群体在日渐萎缩；另一方面，电商的崛起又带来了前所未有的冲击。尤其像我们这种主题书店，由于品类相较于综合书店更为单一且受众小众，经营之路更是步履维艰。

　　实体书店在当下的困境中如何寻求突破，无疑是一个老生常谈且棘手的难题。连那些拥有庞大团队和丰富资源的大型连锁书店都未能找到妥善的解决之道，更何况是我这个门外汉，对于破局之策完全摸不着门道。

　　幸而在谜芸馆遇到困难的时候，有许多朋友支持着我们，给予我们帮助。倘若没有这些宝贵的援助，这家小书店恐怕难以走到今天。谜芸馆的未来，它的存续时长，我此刻无法给出确切的承诺。但我可以坚定地表示，只要我尚有余力，定会竭尽全力让这家书店继续存在，以此回馈那些曾经给予我帮助、与我同样深爱着这家书店的读者和朋友。

杰夫·多伊奇（Jeff Deutsch）在《总有好书店》（*In Praise of Good Bookstores*）中提到："我们需要为一些读者提供适当的报酬，因为没有他们，好的书店就不会存在。"我深以为然。谜芸馆必须要提供给大家更好的交流环境，更精彩的讲座活动，建立好作家与读者的桥梁，这才是这家书店的生存之道，也是谜芸馆将要努力的方向。

在这里，我要感谢上海市杨浦区五角场街道给予我的各方面的帮助，在谜芸馆最困难的时候，施以援手，并协助我们寻找合适的活动场地；感谢瑞安集团创智天地邀请谜芸馆在伟德路生根，并不遗余力地协助宣传，在经营过程中给予帮助；感谢所有参与"谜芸馆推理讲座"的嘉宾老师，正是你们的加入，让这家不那么起眼的书店熠熠生辉；感谢与谜芸馆合作过的出版方，感谢你们慷慨地赠书以及贡献的优质内容。还要感谢曾一起协助我打理谜芸馆的小伙伴们——金炳芸、兰星瑶、董琳、崔旭懿、王丹梅……尽管相处的时间很短暂，但在我心中，你们始终是谜芸馆的一员。

最要感谢的，还是一直关注和支持谜芸馆的顾客们，没有你们，谜芸馆不会存在。

时晨

2025 年 2 月 16 日写于谜芸馆

图书在版编目（CIP）数据

所有顽固的人 / 时晨著 . -- 北京 : 北京联合出版
公司 , 2025. 10. -- ISBN 978-7-5596-8619-0

Ⅰ . I267.1

中国国家版本馆 CIP 数据核字第 2025YH1719 号

- -

所有顽固的人

作　　者：时　晨
出 品 人：赵红仕
策划监制：王晨曦
责任编辑：牛炜征
特约编辑：华斯比
美术编辑：陈雪莲
营销支持：风不动
内封绘图：里卡多

- -

北京联合出版公司出版
（北京市西城区德外大街 83 号楼 9 层　100088 ）
北京联合天畅文化传播公司发行
上海盛通时代印刷有限公司印刷　新华书店经销
字数 115 千字　787 毫米 ×1092 毫米　1/32　7.5 印张
2025 年 10 月第 1 版　2025 年 10 月第 1 次印刷
ISBN 978-7-5596-8619-0
定价：56.00 元

- -